여고생 챔프 아서왕

염기원 장편소설

여고생 챔프
아서 왕

초판 1쇄 인쇄 2023년 12월 18일
초판 1쇄 발행 2023년 12월 18일

지은이 염기원
펴낸이 김종해

펴낸곳 문학세계사
출판등록 제21-108호(1979. 5. 16)
주소 서울시 마포구 신수로 59-1, 2층
전화 02-702-1800
팩스 02-702-0084
이메일 munse_books@naver.com
홈페이지 www.msp21.co.kr
페이스북 www.facebook.com/munsebooks
인스타그램 www.instagram.com/munse_books

ISBN 979-11-93001-36-3 03810

여고생 챔프 아서왕

염기원 장편소설

문학세계사

〈차례〉

나는 아재왕 7

조금만 참아, 엄마 19

폭력 47

반전 77

다섯 평짜리 인생 107

면회 145

귀휴와 범털 171

부활 203

복수 223

에필로그 239

작가의 말 244

나는 아재왕

복싱을 시작하기 전까지, 그녀는 누구도 때려본 적이 없었다. 주먹에 체중을 실어 사람을 타격하는 일련의 메커니즘을 몸에 익히는 건 쉽지 않은 일이었다. 그랬던 그녀를 파이터로 변모시킨 건 장명팔 관장이었다.

현역 시절의 그는 그저 그런 전적의 무명 복서였다. 지도자로서도 마찬가지였다. 협회장배 대회에서 일반부 은메달을 딴 게 지금껏 그의 제자가 거둔 성적 중 가장 좋은 것이었고, 여자 관원을 받은 건 처음이었다. 환갑도 한참 지난 그가 손녀뻘인 그녀를 선수로 키우겠다고 결심한 건 놀라운 일이었다.

그녀가 복싱을 시작한 건 중학교 이학년 때였다. 워낙 소심하고 누군가에게 주목받는 걸 싫어하는 성격이었다. 당시 키가 160cm였는데 체중은 65kg을 조금 넘었다. 밉살스레 말하던 친구 하나는 그녀를 볼 때마다 살 좀 빼라고 구박하곤 했다. 그건 참을 수 있었다.

중간고사를 마치고 담임이 반 아이들과 돌아가며 면담을 했다. 그녀의 차례도 찾아왔다. 교무실로 갔다. 두리번거리다가 담임과 눈이 마주쳤다. 담임의 자리 앞에 의자 하나가 놓여 있었다. 거기에 앉아 불편한 마음으로 상담을 마치고 일어서려 할 때였다. 담임이 다시 입을 열었다.

"너, 선생님이 하는 말 오해하지 말고 들어."

오해하지 말고 들으라는 말은 '이제부터 나는 네가 듣기에 기분 나쁜 말만 할 것이다'라는 의미와 같다는 걸 그녀는 잘 알고 있었다. 아니나 다를까 담임은 조곤조곤한 말투로 그녀를 나무라기 시작했다. 결론만 그럴듯했다.

"남들 시선 때문이 아니라, 네 건강을 위해서 그게 낫다는 거야. 건강해야 공부도 잘 할 수 있잖아. 안 그러니?"

살을 빼라는 얘기였다. 그녀는 짐짓 고개를 끄덕이고는 교무실에서 나왔다.

뒷문을 열고 교실로 들어가 거울 앞에 섰다. 거울 주변 벽에는 빨간 틴트가 덕지덕지 묻어 있었다. 흐리멍덩한 눈빛, 부스스한 머리카락, 납작한 코와 부르튼 입술, 자기가 봐도 마음에 드는 외모는 아니었다. 하지만 평균보다 몸무게가 더 나갈 뿐 생활하는 데에는 아무런 문제가 없었다.

"왜? 민정이가 살 빼라고 지랄했어?"

단짝인 애슬이가 그녀를 뒤에서 안으며 물었다. 민정은 이들의 담임 교사 이름이다.

“애슬. 나도 살 빼면 너처럼 예뻐질 수 있을까?”

“나처럼 살고 싶어?”

“모르겠어.”

아이돌 연습생인 애슬이는 학교 수업이 끝나자마자 연습실로 향한다. 소속사의 월말 평가가 다가올 무렵이면 잠도 제대로 못 잔다. 새벽까지 춤추고 노래하는 걸 반복한다.

“말했잖아. 네가 하고 싶은 게 있으면 마음껏 해.”

애슬이의 말에 그녀는 고개를 끄덕였지만, 동의의 의미는 아니었다. 그녀의 어머니는 하고 싶은 게 있어도 참으라고 가르쳤다. 남들 눈에 띄지 말라고, 공부도 적당히, 외모도 적당히, 뭐든지 중간만 하라고 했다. 건강히 자라기만 하면 되는 거라면서.

애슬이가 스텝을 밟으며 빙그르 그녀 주위를 한 바퀴 돌았다. 그리고는 그녀 귀에 입술을 가까이 대고 속삭이듯 물었다. 간지러워서 어깨가 움찔거렸다.

“너, 아직도 시작 안 했어?”

“어. 미쳤나 봐. 넌?”

“죽겠어. 두 달 째야. 대자연, 확 뒤졌으면.”

“나도 일주일 지났어. 이러다 또 시험이랑 겹치면 어떻게 하지?”

두 사람 모두 생리불순 때문에 고민이었다.

애슬이는 그녀에게 복싱을 추천했다.

"우리 회사 라리 언니 알지? 그 언니, 데뷔 전에 복싱으로 다이어트 했어. 너도 해봐."

"복싱? 무서워. 사람을 어떻게 때려."

"네가 아는 것과 달라. 제대로 몸 쓰는 법을 가르쳐서 사람을 완전히 개조시키는 거래."

복싱을 시작한 첫날 만에 알게 됐다. 애슬이의 말이 옳다는 걸.

복싱을 배우겠다고 하자 그녀의 어머니는 의외로 반가워했다. 다만 너무 무리하지만 말라고 했다. 동네에 있는 허름한 체육관에 등록했다. 그곳에서 만난 장명팔 관장은 나이가 많았다.

그녀는 자기도 다른 관원들처럼 금방 스텝을 밟으며 주먹을 휘두르게 될 줄 알았다. 하지만 한 달 동안 글러브도 끼지 못했다. 매일 줄넘기와 달리기만 했다. 다이어트 효과는 확실했다. TV를 보며 막연하게 생각했던 것과 달랐다. 복싱은 사람을 개조하는 운동이었다.

***

친구들이 나를 아서왕이라고 부르기 시작한 건 초등학교 3학년 때부터였다. 그날도 나는 평소와 마찬가지로 창밖을 쳐다보며 넋을 놓고 있었다.

"다음은 서아."

선생님이 내 이름을 불렀을 때 나는 눈으로 구름을 좇고 있었다.

하마 구름이 코끼리 구름을 향해 열심히 달려가고 있었다. 하마를 응원하던 나를 향해 아이들이 일제히 몸을 돌렸다. 그제야 선생님이 나를 불렀다는 것을 알아차렸다.

"서아, 뭐하니? 빨리 나와."

짝에게 물어보니 한 사람씩 나와서 영어로 자기소개를 하는 중이라고 했다. 후다닥 앞으로 나갔다. 자기소개라고 해봤자 자기 이름을 말하는 정도였지만, 남들 앞에서 말하는 게 영 어색해서 자꾸 더듬거렸다.

"마…… 마이 네임 이즈, 왕, 서, 아."

"서아야. 영어에서는 이름을 뒤집는다고 했잖아."

"네. 마, 마이 네임 이즈, 아, 서, 왕."

"아서왕?"

선생님이 웃음을 터뜨렸다. 반 아이들 모두 따라 웃었다. 책상을 치며 웃는 애도 있었다. 나는 뭐가 잘못됐는지 몰라 웃지도 울지도 못하고 교탁 앞에서 굳어버렸다. 그때부터 지금까지 아서왕이라는 별명은 나를 떠난 적이 없다.

애들은 아서왕이 누구인지 알기나 했을까? 적어도 나는 몰랐다. 고등학생이 된 후에도 그가 정확히 누구인지, 실존한 사람인지, 나는 알지 못했다.

살면서 내가 받은 오해 중 가장 큰 것은 화교 출신 아니냐는 것이다. 내 성 때문에 그런 것일 텐데, 나는 개성 왕씨다. 고려를 세운

왕건이 우리 시조이니, 왕가의 핏줄이다. 그 때문에 조선 시대에는 수많은 왕씨가 핍박을 받았다. 이 얘기를 하자면 한도 끝도 없다.

체육관 관장인 할배 역시 내 이름을 듣자마자 뻔한 반응을 보였다.

"왕서아? 너 혹시 아버지가 중국 사람이냐?"

"아뇨. 한국 사람이었는데요."

"'이었는데요'는 또 뭔데? 지금은 다른 나라 사람이 되기라고 했단 말이냐?"

"아니요. 저 낳기도 전에 돌아가셨거든요."

내가 유복자*인 걸 알게 된 어른들은 보통 안쓰러운 눈으로 나를 바라보곤 했다. 그런데 할배는 아무 일도 아니라는 듯 화제를 돌렸다. 아무튼 그의 첫인상은 별로였다. 그래서 그와 친손녀 같은 사이로 지내게 될 줄은 꿈에도 몰랐다.

할배는 서아라는 이름이 예쁘다는 말도 했다. 체육관에서 운동을 시작한 지 두 시간 만에 울음을 터뜨린 나를 달래면서 한 말이었다. "원래 예뻐요! 우리 아빠가 지어준 이름이거든요!" 울면서도 왜 힘주어 대답했는지, 지금 생각해보면 우습다.

공교롭게 복싱을 시작하면서 키가 쑥쑥 크기 시작했다. 엄마의 표현을 빌리자면 시루에 담아놓은 콩나물처럼 자랐다며, 자는 동안 키가 크는 게 눈에 보일 정도였단다. 복싱을 시작한 지 2년 만에 내 키는 170cm가 넘었다.

* 어머니 배 속에 있을 때 아버지를 여읜 자식

체중은 줄어서 평소에는 55에서 56kg을 오르내렸다. 그러다가 시합 때가 되면 플라이급인 51kg 이하로 체중을 줄여야 했다. 짧은 기간 동안 체중감량을 해보니 어른들이 공부가 왜 가장 쉬운 일이라고 했는지 절실하게 느낄 수 있었다. 그렇다고 해서 복싱을 포기할 생각은 없었다. 내가 해본 것 중 가장 재미있는 게 복싱이었기 때문이다.

할배는 가끔 나를 한국 배구의 슈퍼스타인 김연경 언니와 비교하곤 했다. 언니는 학창 시절 키가 작아서 수비 전담을 하거나 세터를 맡곤 했다. 그러다 갑자기 키가 자라면서 세계 최고의 공격수가 되었는데, 키가 작았을 때의 스피드와 수비 능력까지 그대로 유지하고 있다. 할배 말에 의하면 나도 그렇단다.

처음 운동을 시작했을 때 내 체중은 라이트 미들급이었다. 운동을 하며 살이 빠지더니 웰터급, 라이트급, 페더급까지 체급이 떨어졌다. 할배는 웰터급 못지않은 파워에 플라이급의 빠른 스피드를 갖춘 게 내 장점이라고 했다. 54kg까지인 밴텀급 체급으로 뛰면 시합 전 감량하는 게 수월하겠지만, 그 체급에는 시합 때마다 10kg을 넘게 빼는 괴물 같은 선수가 둘이나 있다.

나는 우리 체육관 관장님을 할배라고 부른다. 할배는 완전히 옛날 사람이다. 복싱 기술은 물론 훈련 방법도 한창 복싱이 인기 있었다던 이십 세기, 내가 태어나기도 전에 머물러 있다. 하지만 나는 할배의 방식을 따른다. 주먹 쥐는 방법도 몰랐던 나를 아마추어 복싱 한국 챔피언으로 만들었으니 실력을 인정할 수밖에.

살을 빼겠다고 찾아왔을 때나 챔피언이 된 지금이나, 훈련이 힘든 건 마찬가지다. 그때 했던 모든 기초훈련에 더해 샌드백을 치고, 섀도복싱을 하고, 스파링까지 소화해야 하기 때문이다. 고통스럽지만 링 위에 서기 위해서는 힘든 과정을 이겨내야 한다. 링 위에 올라 상대와 겨루는 그 짜릿함은 세상 무엇과도 견줄 수 없다. 승리의 쾌감은 보너스다.

엄마와 나는 호수공원에서 가까운 곳에 살았다. 행정구역으로는 일산이지만, 사람들이 생각하는 일산과는 다른 곳이다. 친구들에게 보여주기 부끄러운 비닐하우스다. 애슬이는 그래도 있을 건 다 있는 집이라며 가끔 놀러 왔다. 장마철이 되면 한바탕 고생해야 하고, 거름 냄새가 나며, 화장실이 좀 불편하기는 해도, 학교와 체육관이 가까운 게 장점이다.

복싱을 시작한 뒤로는 매일 새벽 5시에 일어난다. 집에서 출발해 청평지를 거쳐 호수공원 외곽을 크게 돈 뒤 킨텍스 옆에 있는 한국지역난방공사를 찍고 돌아오면 10km가 조금 넘는다. 중간중간 직선 구간이 나올 때마다 전력 질주를 반복한다. 로드워크를 마치면 온몸이 땀으로 범벅이 되지만 진짜 운동은 그때부터 시작이다.

예전에는 집에서 아침을 먹었는데, 엄마가 아픈 뒤로는 집 근처에 있는 낡은 체육관에 가서 할배가 준비한 아침을 먹는다. 바나나와 우유가 고정 메뉴고 감자, 옥수수, 시리얼, 삶은 달걀(흰자만), 낫토 같은 게 번갈아 나온다. 딱히 특별한 원칙이 있거나 한 것 같지는 않다. 아, 탄산음료는 절대 금물이다. 커피는 예외라서 운동 전에는 싹 커피 한 잔을 마신다.

간단한 식사를 마치면 소화도 되기 전에 본격적인 체력훈련을 한다. 줄넘기를 하고 매트 위에서 앞뒤로 구르며 몸을 푼 뒤 덤벨과 바벨을 번갈아든다. 윗몸 일으키기와 런지, 스쿼트를 마치면 하늘이 노랗게 보이기 시작한다. 그때부터 할배의 목소리가 커진다.

"정신 안 차리나! 집중하고!"

"네 상대도 지금 똑같은 운동을 하고 있어! 걔보다 하나만 더!"

"다리 들기 열 개 추가!"

들을 때마다 이가 갈리지만 어쩔 수 없이 몸을 움직여야 한다. 운동을 마치면 완전히 녹초가 된다. 체육관에서 씻고 교복으로 갈아입은 뒤 곧바로 학교에 간다.

우리 학교는 고양시에서 유일한 여자고등학교다. 체육고등학교에 가고 싶었지만, 엄마가 말렸다. 복싱을 해서 건강해지는 것까지는 좋아도 학교만큼은 남들처럼, 평범하게, 무난하게 다녀야 한다는 게 엄마의 생각이었다.

학교에 가면 자기 바쁘다. 챔피언이 되고 나니 좋은 게 선생님들도 나를 깨우지 않게 됐다. 그렇게 자다가 점심시간이 되면 급식실로 가는데, 시합이 다가오면 혼자 교실에 남아야 했다. 할배가 싸준 도시락을 먹어야 했기 때문이다. 닭가슴살과 보충제는 처음 먹을 때부터 지금까지 한결같이 지겨운 맛이다.

수업을 마치면 곧바로 체육관으로 향한다. 오전과 비교하면 누워서 떡 먹기인 간단한 체력훈련을 하지만 그건 맛보기에 불과하다. 섀도복싱과 샌드백을 번갈아 하는데, 실제 경기 시간과 똑같이 1라운드에 3분씩, 기본 4라운드를 뛴다. 다 뛰고 나면 두 발로 서 있기도 힘들다. 방방[2] 타고 막 내려온 것처럼 땅이 다리를 잡아당긴다.

잠시 호흡을 고르고 스파링을 시작한다. 우리 체육관에 오는 사람들은 나를 빼면 모두 취미로 복싱을 하는 사람들이다. 스파링 상대라고는 할배가 유일하다. 이미 힘이 다 빠진 나를 상대로 할배는 진지하게 주먹을 내민다. 링 바닥이 온통 땀에 젖을 때까지 주먹을 교환하고 나서 한바탕 잔소리를 듣고 정리 운동을 하면 훈련이 모두 끝난다.

내가 샤워를 하는 동안 할배는 체육관을 정리한다. 수건으로 머리를 감싼 채 나오면 퇴근한 직장인들이 하나둘씩 체육관으로 들어온다. 운동으로 하루를 마무리하려는 것이다. 할배와 함께 저녁을 먹고 집에 가도 할 일이 남아 있다. 그날 촬영한 스파링 동영상을 보며 고칠 점을 연구한다. 그쯤 되면 잠이 쏟아지지만, 꾹 참고 유튜브에 있는 복싱 동영상을 보다가 잠든다.

2. 트램펄린. 스프링이 달린 그물 매트 위에서 뛰어놀게 만든 기구. 지역마다 퐁퐁, 덤블링, 봉봉, 콩콩 등 다양한 이름으로 불림.

나는 이왕이면 프로 복서가 되어 세계 챔피언에 도전하고 싶다. 할배는 나와 생각이 다르다. 국가대표가 되어 메달에 도전하고, 그러다 실업팀에 들어가 월급을 받으며 안정적으로 운동하는 게 낫단다. 틈만 나면 아시안게임, 올림픽에서 금메달 따는 모습을 상상해 보라고 부채질한다. 연금과 포상금에 대해서도 자주 얘기한다.

할배가 왜 그런지는 나도 안다. 우리나라 프로복싱, 특히 여자 프로복싱은 환경이 열악하다. 바닥이 좁고 돈이 안 된다는 얘기다. 몇 경기 치르지 않고도 내가 아마추어 챔피언이 될 수 있던 이유기도 하다.

조금만 참아, 엄마

나는 어릴 때부터 몸이 약했다. 엄마는 그런 나를 혼자 키우면서 악착같이 일했다. 결혼하자마자 세상을 떠난 아빠가 남긴 재산은 하나도 없었다. 친정의 반대에도 불구하고 엄마 혼자 밀어붙였던 결혼이었기에 도움을 구할 곳도 없었다.

엄마는 일을 쉬지 않았는데, 자주 잘리기도 했다. 내가 기억하는 것만 해도 식사동에 있는 고깃집, 대화역 근처에 있는 보험회사 콜센터, 라페스타에 있는 화장품 가게, 마두역에 있는 모텔에서 밤늦게까지 일했다. 그러다가 지금 사는 곳 근처에 있는 비닐하우스에서 새로운 일자리를 얻었다.

열무와 얼갈이배추를 주로 기르는 곳인데, 늘 일손이 부족했다. 그래서 파주나 김포, 강화도에서 오는 할머니들과 외국인 노동자가 끊이지 않았다. 그분들에게 밥을 해주는 게 엄마의 일이었다. 가끔은 고무장갑을 벗고 목장갑을 끼고 나가서 함께 열무를 뽑고 묶기도 했다.

엄마는 아빠와 어떻게 만났는지 내게 얘기해 주지 않는다. 아마도 2002 월드컵 때 만나지 않았을까 하는 게 내 추측이다. 내 생일을 생각해보면 상당한 가능성이 있는 일이다. 나는 일산의 대표적인 쇼핑몰 라페스타가 개장한 날에 태어났다.

엄마한테 가장 듣기 싫은 말은 "나이 먹고 낳는 바람에 네 몸이 약하다"라며 자기 탓을 하는 것이었다. 어릴 때는 한 번씩 다 아프기도 하지 않느냐고, 나는 아팠을 때가 기억도 나지 않는다고 말해도 엄마는 울음을 멈추지 않았다. 그럴 때마다 엄마에게서 술 냄새가 났다.

"조금만 참아, 우리 딸."

엄마는 어릴 때부터 내게 이 말을 자주 했다. 퇴근하고 돌아와 혼자 잠든 내 몸 위로 이불을 덮어줄 때, 반찬 타박을 포함해 온갖 철없는 투정을 부리며 울 때도 그랬다. 어릴 때를 생각하면 엄마한테 미안한 게 많다. 하나밖에 없는 딸에게 해주고 싶은 걸 마음대로 해주지 못해 얼마나 미안했을까. 자신을 위해서는 백 원 한 푼도 안 쓰는 엄마였는데.

졸업식이나 입학식 때도 미안하다며 조금만 참으라고 했다. 다음에는 꼭 함께하겠다고. 초등학교 졸업식 때까지는 그게 서운했다. 중학교 졸업식 때 내 키는 이미 엄마보다 훌쩍 컸다. 그날 밤 엄마에게 "나도 이제 다 컸으니까 괜찮아"라고 말한 건 지금 생각해도 잘한 일이었다. 야근을 마치고 돌아온 엄마는 내가 남긴 짜장면 소스에 밥을 말아 소주 한 병을 비웠다.

운동을 시작하면서 나는 갈수록 건강해졌지만, 엄마는 갈수록 아픈 곳이 많아졌다. 몸이 안 좋아서 일을 못 하는 날이 일주일에 하루, 이틀로 늘어나자 결국에는 병원에 갔다. 처음에는 동네 병원과 보건소를 들락거렸다. 그래도 차도가 없자 점점 더 큰 병원을 갔다. 검사비만 많이 나온다며 투덜거리던 엄마는 자기 몸에 그렇게 큰 병이 자라고 있는 줄 상상도 못 했다.

***

복싱 대회에 나간 건 고등학교에 들어간 후였다. 내가 처음으로 치른 대회는 전국 복싱 선수권 대회였다. 할배는 나를 여고부도 아닌 일반부에 등록했다. 전국체전이나 국가대표 선발전 수준까지는 아니지만, 자기 지역에서 복싱으로 이름 좀 날린다는 이들이 모인 대회였다.

여자 복싱도 남자처럼 머리에 헤드기어를 쓰고 치아 보호를 위한 마우스피스, 급소를 보호하는 프로텍터 컵을 착용한다. 여기에 가슴 보호대와 머리망이 추가된다. 헤드기어는 갑갑해서 빨리 벗어 던지고 싶고, 가슴 보호대는 입고 벗을 때마다 너무 불편하다. 그래도 장비를 착용해야 링에 오를 수 있다.

경기는 3분 3라운드로 진행됐다. 체력이 좋아져서 그런지 토너먼트를 거쳐 결승전을 치를 때도 힘들다는 생각은 들지 않았다. 첫 경기에서 만난 체고생 언니는 판정승으로 겨우 이겼고, 두 번째 경기에서 만난 삼십 대 아주머니는 KO로 이겼다. 링 바닥으로 쓰러뜨린 건 아니었고, 코피가 멎지 않자 주심이 TKO로 경기를 중단시켰다.

결승전에서 만난 대학생 언니는 전국대회 경력이 많은 베테랑이었다. 그래도 결승전까지 올라오는 게 생각보다 훨씬 쉬웠고, 상대 인상이 순해 보여서 긴장조차 되지 않았다. 하지만 공이 울리고 주먹을 맞대는 순간, 그녀는 전혀 다른 사람이 되어 있었다.

왼손 잽으로 헤드기어를 툭툭 건드리고 빠지는 걸 반복하다 내가 다가가면 원투를 던지며 밀어냈다. 나보다 십 센티는 작았는데 발이 빨랐다. 나는 계속 링 가운데를 지켰지만, 주도권을 가진 건 아니었다. 그녀는 빠른 스텝으로 내 주위를 돌며 야금야금 점수를 먹었다. 약이 올라서 다가가면 등이 링에 닿을 때까지 뒷걸음질을 치다 끌어안고 시간을 벌었다.

"서아야, 정신 차려! 끌려가지 마!"

할배가 링 코너 아래에서 고래고래 지르는 소리가 선명하게 들렸다. 귀로는 들렸지만, 뇌로 해석할 수가 없었다. 정신을 차려보니 2라운드가 끝났다. 나는 처음 글러브를 끼고 허우적거리던 초보자 시절로 돌아가 있었다. 내내 상대의 노련한 경기 운영에 끌려다녔다.

마지막 라운드를 앞두고 링 코너에 놓인 작은 의자에 앉았다. 고작 두 라운드를 뛴 건데 그동안 치른 경기 전체를 합친 것보다 힘들었다. 300g도 되지 않는 글러브가 돌덩이처럼 무거웠다. 팔을 아래로 떨어뜨린 채 헉헉거리며 할배에게 물었다.

"지고 있죠?"

"말하지 말고 숨 쉬어. 말은 내가 할게."

"네."

"대답도 하지 마. 이제부터 내가 시키는 대로만 해."

땡! 3라운드가 시작됐다. 상대는 똑같은 패턴이었다. 키가 작은 선수면서 아웃복싱 스타일을 이어갔다. 2분이 지날 때까지 그녀는 접근했다가 톡 치고 몸을 빼는 걸 반복했다. 내가 쫓아가면 뒷걸음질을 치다가 껴안거나 빈틈을 노려 내 배를 향해 주먹을 날렸다. 무게 중심을 뒤에 둔 채여서 힘이 실린 건 아니었다.

관중이 보기에 지루한 경기였다. 자꾸 끌어안으니 상대에게 클린치 파울을 주거나 경고라도 하는 게 맞는데, 주심은 "브레이크"를 외치며 우리를 떼어내기만 했다. 관중석에서 야유가 흘러나왔다. 자꾸 마음이 조급해졌지만 참고 견뎌야 했다. "1분!" 할배가 외치는 소리가 들렸다.

상대가 다시 다가와 잽을 던지고 뒤로 물러섰다. 성큼성큼 다가가니 왼손으로 잽을 날리기에 그대로 맞아 주었다. 그러자 오른손 스트레이트를 던지는 시늉을 하더니 옆걸음을 밟으며 코너 쪽으로 피했다. 안면 부위를 가린 그녀의 가드 위로 전력을 다한 주먹을 연달아 날렸다. 퍽! 퍽! 퍽! 내 힘에 밀려 언니의 등이 링 코너에 닿았다.

펑! 내 왼손 훅이 복부에 들어갔다. 결승전이 시작된 후 처음으로 제대로 주먹이 닿았다. 본능적으로 그녀의 팔이 내려간 틈을 타 안면을 향해 오른손 스트레이트를 날렸다. 펑! 연타가 터졌다. 당황한 그녀가 끌어안으려고 손을 뻗으며 다가왔지만, 뒷걸음질 치며 피했다.

그러자 상대는 나를 쫓아오는 대신 코너에 머물렀다. 할배가 말한 대로였다. 다시 다가가 가드 위로 주먹을 날렸다. 퍽! 퍽! 점수를 얻는 공격이 아님에도 체중을 실었다. 아까 맞았던 복부를 의식하라는 의도였다. 아니나 다를까 내가 오른손으로 훅을 날리려고 하자 그녀는 상체를 웅크렸다. 하지만 내가 쏘아 올린 훅의 종착지는 왼쪽 턱이었다.

퍼억!

나는 보았다. 그녀의 얼굴이 오른쪽으로 크게 흔들리면서 눈동자가 풀리는 장면을. 그 상황에서도 주심은 경기를 멈추지 않았다.

"주심이 아직 안 멈췄잖아! 서아, 더 때려!"

그때까지 할배의 모든 지시를 따랐지만, 이번에는 그럴 수 없었다. 그녀는 쓰러지지만 않았을 뿐, 두 발로 간신히 몸을 지탱하고 있을 따름이었다. 그 상황에서 위에서 내리꽂는 주먹 한 방으로 상대를 완전히 쓰러뜨릴 수 있느냐 없느냐가 프로가 될 수 있는 자격이 있는지를 구분하는 것이라고, 할배는 나중에 얘기했다. 나는 프로가 아니었기에, 그 한 방을 참았다.

땡! 3라운드를 마치는 공이 울렸다. 얄미운 전략을 들고나와 끝까지 버틴 언니와 질질 끌려다니다가 힘과 전략으로 역전한 나는 서로를 끌어안았다. 언니가 우는 게 몸을 통해 느껴져서 나도 괜히 눈물이 나왔다. 우리는 한동안 끌어안은 채 서로를 격려하고 위로했다.

채점 결과가 나오자 주심이 내 팔을 높이 들어 주었다. 심판 전원일치 판정승이었다. 그렇게 나는 처음 출전한 대회에서 챔피언이 되었다. 그나마 내가 뛰는 체급에 등록 선수가 가장 많다고는 해도, 여자 복싱이 워낙 선수층이 얇으니 가능한 일이었다.

챔피언이 되고 나서야 확신했다. 나는 복싱을 사랑한다. 소질도 있다. 복싱을 위해서라면 그 어떤 힘든 훈련도 견딜 수 있다. 링 위에 올라가기 전부터 온몸을 감싸는 그 긴장마저 즐긴다. 피투성이가 되어 링 바닥에 쓰러지더라도 좋다. 지긋지긋한 닭가슴살과 보충제도 참을 수 있다.

***

단짝 애슬이는 중학교 삼학년 때 기어이 데뷔조에 들어가 숙소

생활을 시작했다. 학교에서 얼굴 보기가 점점 힘들어졌다. 예술고등학교에 입학하면서부터는 연락도 잘 안 됐다. 함께 숙소를 쓰는 동료들과 휴대폰 하나를 돌려썼는데, 걸리면 큰일이란다.

내가 볼 때 애슬이는 세상에서 제일 예쁘고 날씬하다. 춤도 노래도 최고다. 그런데 애슬이는 자기가 회사에서 가장 뚱뚱하고, 못났고, 실력도 떨어진다며 늘 우울해했다. 끝도 없이 이어지는 연습과 레슨의 반복이 지겹다고 했다. 잠을 푹 자는 게 소원이란다. 데뷔를 앞두고는 휴가마저 없어져서 집에도 가지 못했다.

애슬이는 원래 R&B 가수를 하고 싶어 했다. 소속사에서도 처음에는 솔로 가수로 훈련을 받았다. 한국을 떠난 적 없고, 영어도 잘 못 하면서, 노래만 불렀다 하면 흑인 특유의 소울이 느껴졌다. 우리 집에서도 노래를 불러준 적이 있는데, 그럴 때면 멀리 일산 MBC 건물이 엠파이어 스테이트 빌딩이 됐고, 미관광장에 있는 '오뎅탑'은 자유의 여신상이, 라페스타는 타임스퀘어가 됐다.

"난 헤이즈보다 애슬이 네 목소리가 더 좋아."

"야, 그건 너무 나간 거 아니야? 그래도 기분은 좋네."

"너 나중에 잘나간다고 나 모른 척하면 안 된다?"

"너야말로. 챔피언 돼도 쌩까기 없다?"

고등학교 입학을 앞두고 우리는 손가락을 걸고 약속했다. 나는 한국 챔피언이, 애슬이는 한국 최고의 가수가 되자고 했다. 몇 달 뒤 나는 챔피언이 되었고, 얼마 뒤에는 애슬이도 데뷔를 했다. 초등학교 5학년 때부터 준비했으니 6년 만에 꿈을 이룬 것이다. '걸크러쉬한 힙합 음악, 고급스러운 섹시함'이 콘셉트라는 4인조 걸그룹에서 막내인 애슬이는 메인 보컬을 맡았다.

싱글 앨범을 출시했고, 그것이 그 그룹의 마지막 성과가 됐다. TV에도 한 번 못 나오고 해체됐다. 노래가 문제였다. 어디서 많이 들어본 것 같기는 한데 매력이 없었다. 전반적인 느낌은 내가 초등학교에 입학하던 시절 2NE1을 따라 한 것 같은 분위기였는데, 달라도 너무 달랐다. 우선 곡 대부분을 차지하는 랩 파트는 라임부터 억지스러웠다. 기본적으로 가사를 알아듣기 힘든데다, 아무리 쥐어짜도 발성이 약해서 걸크러쉬와는 거리가 멀었다.

무엇보다도, 내게는 애슬이가 맡은 보컬 파트가 가장 마음에 들지 않았다. 하이라이트인 훅 부분에서 중독성을 노리겠다는 욕심이 지나쳤다. 박봄처럼 소름이 돋게 만들어야 하는 부분이었는데, 촌스러워서 닭살이 돋을 정도였다. 과도한 오토튠 때문에 애슬이의 개성 있는 목소리마저 뭉개져 버렸다. 나조차 별로였으니 까다로운 음악 팬들을 만족시키기는 어려운 게 당연했다.

그렇게 고생해서 데뷔했는데도, 애슬이는 다시 연습생 신분으로 돌아왔다. 소속사를 옮겼는데, 그곳에서는 배우 활동 겸업을 원했다. 애슬이는 연기자가 되겠다는 생각이 전혀 없었다. 예고 연기과에 들어갔던 건 무대에서 표현력이 풍부해질 것이라는 조언 때문이었다. 그녀는 오로지 노래를 부르는 것에만 관심이 있었다.

새로운 소속사에는 그녀보다 어린 연습생들이 훨씬 많았다. 그곳에서 애슬이는 솔로 데뷔 준비를 하면서 네 편의 드라마에 단역으로 출연했다. 학교에서 연기를 배운 게 도움이 됐는지 배우처럼 자연스러웠다. 소속사 남자 가수들의 뮤직비디오에 출연했고, 힙합 노래 세 곡에도 피처링을 했다.

챔피언이 되자 내게도 조금씩 변화가 생겼다. 우리나라에서 활동하는 여자 복싱선수는 대학부와 실업팀을 모두 합해 서른 명이 조금 넘는 상황이다. 고등학교 1학년이 우승을 했으니 유망주라며 과분한 관심을 받았다.

언론사 몇 군데와 인터뷰를 했다. 인터넷에 기사도 올라왔다. 프로로 전향하라는 얘기를 많이 들었고, 종합 격투기 단체에서도 연락이 왔다. 하지만 나는 복잡한 걸 싫어한다. 복싱으로 시작했으니 복싱으로 끝내자는 생각뿐이었다.

언제 어디에서 누구와 붙게 될지는 할배에게 전적으로 맡겨두고 훈련만 계속하겠다고 말했다. 할배는 내 말을 듣고는 정신상태가 마음에 든다고 좋아했다. 그러면서 주말 동안 특별 휴가를 주었다. 게다가 일주일 동안은 따로 식단 관리도 안 할 테니 마음껏 먹으라고 했다. 복싱을 시작하고 처음으로 자유가 찾아왔다.

***

생일을 앞둔 주말, 모처럼 애슬이를 만났다. 대화역 근처에 있는 카페에서 수다를 떨었다. 그렇게 원하던 솔로 가수 데뷔는 미뤄졌지만, 걸그룹을 준비할 때보다는 훨씬 밝은 표정이었다. 애슬이는 내가 말도 안 되게 예뻐졌다고 호들갑을 떨며 자꾸 휴대폰으로 사진을 찍었다.

"애슬, 사진 좀 그만 찍어. 사람들이 자꾸 쳐다보잖아."

"뭔 상관? 네가 예뻐서 쳐다보는 거야."

"에바 금지. 너, 내가 이런 데서 입 열지 말랬지? 인형이 말하니까 사람들 놀라잖아."

"아오, 진짜! 아서왕, 너도 어지간히 주책바가지야."

"뭐래? 반사다."

모처럼 킥킥거리며 웃었다. 애슬이와 농담을 주고받으며 수다를 떨다 보니 나도 여고생이 맞구나 하는 생각이 들었다.

애슬이가 파우치 안에 든 화장품을 하나씩 꺼내 사용법을 알려주었다. 신기하고 재밌기도 했지만, 거울에 비친 내 얼굴을 볼 때마다 민망하기도 했다. 애슬이 피부색에 어울리는 화장품을 내 검게 탄 얼굴에 바르니 이질적이었다. 언젠가는 나도 화장에 관심을 두게 되겠지만 지금은 아니다. 온종일 땀을 흘리는 게 내 할 일이다. 내가 화장에 통 관심을 보이지 않자 애슬이도 포기했다.

"그래. 화장은 무슨 화장이야? 안 해도 이렇게 예쁜데."

"뭐래! 나중에 TV 나올 정도로 유명한 선수가 되면 그때 배울게."

그동안 운동 말고는 다른 곳에 관심을 둔 적이 없었다. 애슬이도 음악에만 파묻혀 살았을 것이다. 매일 땀 흘리며 연습하고, 하루에도 몇 번씩 체중을 재고. 복싱선수나 아이돌 지망생이나 별다를 게 없다. 또래 여자애들과 달리 팔꿈치가 까만 것도 그렇다.

애슬이가 함께 셀카를 찍자고 해서 어색하게 웃어보았다. 휴대폰 액정에 비친 둘의 모습은 달라도 너무 달랐다. 남의 눈에도 우리가 친구 사이로 보일까? 나는 웬만한 남자와 맞먹는 키와 덩치에 머리도 짧다. 애슬이는 하얀 피부에 여리여리한 몸을 가졌고 얼굴은 인형 같다. 남매 혹은 연인 사이로도 볼 수 있을 것 같았다.

"잘 나왔어. 난 네가 통통할 때도 좋았는데. 운동해서 살 뺀 모습도 괜찮네."

"운동해서 살 뺀 게 아니라, 살 빠질 때까지 운동한 거야."

"둘이 뭐가 다름? 아무튼 피부도 훨씬 좋아졌고. 멋있어."

작전이었다. 칭찬으로 기분을 좋게 만들더니, 녀석은 기어이 자리에서 일어나 먼발치에서 내 전신을 찍었다. 방심한 틈을 탄 기습 공격이었다.

"아서왕! 다리 뒤로 접지 마. 쭉 펴. 그래야 길게 나와."

얼떨결에 그녀가 시키는 대로 포즈를 취했다. 애슬이는 여러 장의 사진 중 자신의 마음에 드는 사진을 골라 메신저로 보내주었다. 과연 다리가 길쭉하게 나왔다.

"완전 모델이야. 내 말이 맞지? 복싱이 사람을 완전히 개조시킨

다고 했잖아."

"그래. 대신에 떡볶이 국물에 튀김 찍어 먹는 낙이 사라졌어."

"미친년. 말도 하지 마. 침 나오잖아. 분식은 못 참지."

"맞다. 너는 중학교 때부터 분식 끊었지? 미안."

무언가를 이루기 위해서는 다른 무언가를 포기해야 한다. 나와 애슬이는 그걸 남들보다 일찍 깨달았다.

"그런데 미안해서 어쩌지? 나 오늘까지는 마음껏 먹어도 되는데."

"뭐?"

"시합을 마친 복싱선수에게는 치팅 위크라는 선물이 있다고. 오랜만에 분식집 들러야겠다."

"왕서아, 이 배신자! 넌 죽었어!"

애슬이가 진지한 척 이마를 찌푸리고는 돌연 복싱 자세를 취했다. 어설프게 휘두르는 원투 펀치에 내가 쓰러지는 시늉을 하자 그녀는 배꼽을 잡고 웃으며 내 어깨를 두드렸다. 그러다 서로의 볼을 손가락으로 꼬집은 채 마주 보며 웃었다. 우리만의 애정 표현 방식이었다.

오후 연습 시간까지 숙소로 돌아가야 하는 애슬이 때문에 데이트는 짧게 끝났다. 카페에서 나와 버스 정류장까지 함께 걸었다. 서울로 가는 광역버스는 눈치도 없이 일찍 도착했다. 우리는 서로를 꼭 끌어안은 뒤 헤어졌다.

***

일주일 동안 마음껏 먹을 수 있다고 해도, 시합에 맞춰 다시 살을 빼는 게 얼마나 힘든지 알기에 이성의 끈을 놓지는 않았다. 그래도 이미 꽂힌 떡볶이와 튀김만큼은 포기할 수 없었다. 그까짓 열량쯤이야 반나절만 운동하면 그만이라고 생각하며 분식집에 들렀다.

한 손에는 애슬이가 사준 생일선물이 담긴 쇼핑백, 한 손에는 포장한 음식이 든 검정 비닐봉지를 들고 집을 향해 걸어갔다. 우리 집으로 가는 길에는 인도가 없어지는 지점이 있다. 비닐하우스나 공장에서 일하는 분들이 퇴근한 이후부터는 그 일대에서 사람 얼굴 보기가 힘들다. 간혹 차들만 오가는 곳인데, 거기부터 집까지 딱 십 분이 걸린다.

휴대폰으로 시간을 확인하니 네 시가 조금 넘었다. 엄마가 입원한 병원의 저녁 면회 시간은 여섯 시부터다. 밤에 또 샤워할 거니까 간단히만 씻고 분식을 먹고 출발하면 시간이 딱 맞을 것 같았다. 집이 다가올수록 거름 냄새가 진해졌다. 그래도 애슬이한테 배운 대로 엄마하고 사진을 찍을 생각에 발걸음이 가벼웠다.

"네가 어머니 닮은 거구나?"

"어. 우리 엄마도 사진 찍는 거 안 좋아해. 나처럼 표정도 어색하고."

"그러면 이렇게 해. 하나, 둘, 까지만 세고 둘에 찍어."

"둘에?"

카페에서 애슬이는 어떻게 하면 내가 엄마와 자연스럽게 나오는 셀카를 찍을 수 있을지 알려주었다. 그런 쪽으로는 내가 아는 모든 사람 중 가장 믿을 만했다.

"응, 둘에. 보통 셋 되기 전에 표정이 굳어. 그리고 휴대폰 액정 보고 찍는 거 어색하지?"

"맞아. 게다가 엄마는 카메라를 보라고 해도 말을 안 들어."

"안 찍어보셔서 그래. 꼭 그렇게 정면을 볼 거 없어. 둘이 같은 방향을 봐. 마주 봐도 좋고."

애슬이 말대로 할 참이었다. 이왕 찍는 거 제대로 해서 인화까지 하려고 했다.

집에 있는 앨범에는 내 어릴 때 사진만 가득하다. 젊은 시절의 엄마를 찍은 사진은 없다. 어디에 따로 감춰놓은 것 같은데 엄마는 통 알려주지 않았다. 엄마 사진을 커다란 액자로 만들어 거실 한가운데에 걸어두기로 했다. 그러면 집에 혼자 있어도 허전하지 않을 것 같았다.

빵빵! 가까운 곳에서 차 소리가 들려서 깜짝 놀랐다. 집 앞에 검은색의 커다란 외제 차가 서 있었다. 차에 관심이 없는 내 눈에도 근처에서 비닐하우스나 공장을 하는 사장님들이 타는 것보다 훨씬 비싸고 좋아 보였다. 엄마를 찾으러 온 손님인가, 아니면 뒤늦게 인터뷰하자고 찾아온 기자인가 하고 생각했다.

사방은 온통 비닐하우스에 CCTV도 없고, 주말에는 지나가는 차나 사람도 없는 곳이다. 혹시 나쁜 사람일지 모른다는 생각이 들자 몸에 힘이 들어갔다. 신경 쓰지 않는 척하며 차를 지나치려고 할 때였다. 운전석 창문이 내리면서 선글라스를 낀 중년 남자가 말을 걸었다.

“네가 서아니?”

그의 말을 듣는 순간 움찔하며 겁이 덜컥 났다. 엄마를 찾아온 손님이라면 엄마 이름을 댔을 것이고, 기자나 복싱 관계자라면 ‘왕서아 선수’라고 불렀을 것이기 때문이었다.

“누구시죠?”

나도 모르게 ‘쫄보’처럼 목소리가 떨렸다.

“서아 맞구나.”

“누구시냐고요.”

“잠깐 타. 아저씨랑 얘기 좀 하자.”

그가 선글라스를 벗으며 내 눈을 바라보았다. 눈빛과 표정을 보니 나쁜 사람은 아닌 것 같았다. 하지만 사람을 겉만 보고 판단할 수는 없는 노릇이다.

“엄마 얘기 때문에 그래.”

엄마? 엄마 얘기라니, 눈앞이 아뜩해졌다. 병원 사람이라면 내 전화번호를 알 테니 굳이 집까지 찾아올 필요는 없을 것이다. 빚쟁이인가? 빚쟁이가 아직 미성년자인 나와 무슨 할 얘기가 있을까? 한국 챔피언이 됐으니 돈이라도 벌었을까 봐? 어림없는 소리. 스폰서가 없으면 세계 챔피언이 돼도 방어전을 치를 돈이 없어 타이틀을 박탈당하는 게 여자 복싱이다.

"내가 도와줄 수 있을 것 같은데 말이야. 다음에 다시 올까?"

다음에 다시 온다는 걸 보니 그냥 던지는 얘기를 하러 온 건 아니다. 도와주겠다는 걸 보니 좋은 어른인가? 어찌 됐건 다음에 이 아저씨를 다시 만날 확률은 지극히 낮다. 주말이 지나면 나는 다시 늦은 시간까지 체육관에서 샌드백을 때리는 복서로 돌아간다. 정말 돕기 위해 온 것이라면? 잡아야 하는 기회일까?

"잠깐이면 돼."

그가 조수석 문을 열었다. 진한 선팅 때문에 보이지 않았던 차 내부가 보였다. 운전석 외에는 모두 비어 있었다.

남자 옷에는 별 관심이 없지만, 아저씨가 입은 양복이 명품이라는 건 한눈에 알아볼 수 있었다. 고급 외제 차에 명품 양복을 입은 중년의 남자라니. 정말 부자거나, 조폭, 아니면 사기꾼일 것이다. 셋 다 나와는 별 상관없는 사람들이다.

"빨리 결정해 주면 안 될까? 여기 시골 냄새가 좀…… 지독하네."

낮은 목소리와 말투에서 어쩐지 잘 배운 사람이라는 게 느껴졌다. 잘 배웠다고 좋은 사람인 것은 아니지만, 적어도 양아치는 아닌 것 같았다. 침을 꿀꺽 삼킨 뒤 조수석에 앉았다.

"현명한 결정이야. 이제 문 좀 닫아줄래?"

"네."

"근처 조용한 데로 갈까? 여기서 얘기할까?"

"여기보다 조용한 데는 근처에 없을걸요?"

내 말에 그는 고개를 끄덕였다. 집까지 걸어오는 동안 티셔츠가 땀에 젖었는데 차 안은 시원했다. 에어컨 바람을 맞으며 아저씨와 십 분 남짓 얘기를 나누었다. 그는 내내 팔짱을 낀 상태였다. 차에 탈 때만 해도 여차하면 주먹을 날릴 태세를 갖추고 있었다. 그의 말을 듣다 보니 나는 어느새 두 손을 모으고 있었다.

"사흘이면 충분하다 이 말이지? 그 전에라도 빨리 결정해서 연락하는 게 좋아. 너한테 좋다는 게 아니라 어머니한테."

"쉬운 결정이 아니잖아요."

"어른으로서 말해줄게. 이런 결정을 할 때는 말이야. 제안받은 것보다 나은 대안이 있는지만 생각하면 쉬워져."

"참고할게요."

그는 내게 커다란 숙제를 남겨두고는 먼지를 일으키며 비닐하우스 지대를 빠져나갔다. 집으로 가는 발걸음이 무거웠다.

다 비슷비슷하게 생긴 비닐하우스 중에서 우리 집을 찾는 건 내게 그리 어려운 일이 아니다. 검정 차광막을 씌워놓은 것만 가지고도 쉽게 구분할 수 있다. 문을 열고 들어가면 빈 생수통이 가장 먼저 눈에 보인다. 생수통과 화분 몇 개가 자리한 흙바닥을 우리는 마당이라고 부른다.

비닐하우스에 산다고 하면 움막에 사는 자연인이나 노숙자를 떠올리겠지만, 샌드위치 패널로 지어진 우리 집은 제법 살만하다. 수도와 전기 모두 들어온다. 주방에 LPG 통을 연결해 쓰기도 했는데, 터질까 봐 무서워서 요즘은 휴대용 버너를 쓰고 있다. 다섯 평 되는 방이 세 개 있고, 그중 하나는 거실이자 주방으로 쓴다. 나머지 방을 나와 엄마가 하나씩 쓴다.

엄마는 더위를 안 타서 에어컨은 내 방에 설치했다. 한여름에는 아무리 틀어도 미지근한 바람만 나오지만 없는 것보다는 낫다. 겨울에는 선풍기처럼 생긴 전기히터와 전기장판으로 난방을 한다. 열무 농사를 크게 짓는 김 사장님이 바닥에 전기 필름을 깔아주었는데, 전기요금이 많이 나와서 거의 쓰지 않는다.

요즘에는 가뜩이나 정신을 차리기 힘들 정도로 고민이 많았다. 거기에 갑자기 찾아온 낯선 아저씨 때문에 어마어마한 고민거리가 생겨버렸다. 시원한 자동차 안에서 식어버린 떡볶이처럼 내 식욕도 차갑게 식어버렸다. 그래도 아까워서 우걱우걱 씹어먹었다.

소화도 시킬 겸 며칠 동안 청소를 하지 못한 엄마 방을 쓸고 닦았다. 땀으로 젖은 옷을 세탁기에 던져넣고 샤워도 했다. 가벼운 운동복으로 갈아입고 나왔다. 운동화 끈을 다시 묶으려고 마당에 놓인 플라스틱 의자에 궁둥이를 걸쳤다. 내가 대신 물을 주기는 했지만, 너무 더워서 그랬는지, 엄마가 아끼던 화분이 시들어버렸다. 일주일 만에 만난 엄마 모습도 그랬다.

***

얼마 되지 않았지만, 그새 엄마가 병원 침대에 누운 모습이 익숙해졌다. 그래서 엄마 손을 잡고 함께 놀이공원에 왔다는 게 믿기지 않았다. 싫다고 손사래를 치는 엄마 머리에 예쁜 머리핀까지 꽂아 주었다. "하나, 두울!" 애슬이에게 배운 대로 셀카도 함께 찍었다.

평일이라 그런지 사람이 별로 없어서 타고 싶던 놀이기구를 마음껏 탈 수 있었다. 롤러코스터와 범퍼카를 연달아 타고 나니 엄마가 피곤해하는 것 같았다. 동물을 좋아하는 엄마를 위해 사파리 구경을 하기로 했다. 생각과 달리 줄이 길어서 내가 먼저 뛰어가 자리를 잡았다.

"저기요, 할머니. 지금 새치기하시는 거예요?"

내가 손을 흔드는 모습을 보고 다가오는 엄마를 젊은 커플이 멈춰 세웠다.

"아니, 저기에 우리 딸이 자리를 맡아서."

"어디요? 할머니 딸이 어디에 있는데요?"

커플 중 여자가 엄마에게 얄미운 말투로 얘기했다. 당황한 엄마 얼굴을 보니 화가 났다. 엄마가 내게 화를 내는 것보다, 우는 것보다, 당황하는 게 더 싫다. 집으로 찾아온 빚쟁이 앞에서, 처음 갔던 피자집 주문대 앞에서, 은행 입출금기 앞에서, 엄마는 당황스러운 표정을 짓곤 했다.

"저 앞에 있잖아요. 우리 딸! 서아야!"

엄마가 부르기도 전에 나는 이미 그쪽으로 달려가고 있었다. 짧은 반바지를 입은 여자 앞에 다가섰다. 허리춤에 손을 올리고 쏘아붙이듯 말했다.

"지금 우리 엄마한테 뭐라고 그랬어요? 할머니?"

"그래, 할머니. 야, 네가 이 할머니 딸이라고?"

"할머니 아니거든요? 우리 엄마거든요? 사과하세요!"

"사과? 어이가 없네. 야! 어린 게 어디서?"

주먹에 힘이 들어갔다. 글러브를 끼지 않은 맨손으로 사람을 때려서는 안 되지만, 우리 엄마를 할머니라고 하는 것까지 참아야 할까? 내 또래 엄마들보다 나이가 많은 게 엄마에게는 나름의 한이다. 안 그래도 뙤약볕에서 일해서 더 늙어 보이고 주름도 늘었다며 한숨을 쉬던 우리 엄마에게 할머니라니.

"사과하라고!"

"얘 봐라? 사람 치겠네?"

"사과해! 사과하라고!"

이상했다. 목청껏 외쳤는데 소리가 크게 퍼지지 않고, 오히려 내 귀 안에서 울리는 느낌이 들었다. 꽉 쥐었던 주먹에도 조금씩 힘이 빠졌다. 이래서는 안 되겠다는 생각이 들어 온몸에 힘을 쥐어 짜냈다.

"사과하라고!"

더 크게 소리를 지르다가 고개를 들었다. 주변을 둘러보니 반 아이들이 모두 눈을 동그랗게 뜬 채 나를 바라보고 있었다. 맙소사. 책상 위에 엎드려 잤나 보다. 침까지 흘렸는지 원의 방정식을 필기하던 공책에 동그랗게 물이 고였다. 수학 시간이었다.

"아서왕. 운동하느라 피곤한 건 이해하는데, 잠꼬대는 조금 심한 거 아니니?"

"쌤, 죄송합니다."

"쌤한테 사과하라고 소리치더니 자기가 사과를 하네? 고맙다, 얘."

수학 선생님 말씀에 애들이 교실이 떠나가게 웃었다. 멋쩍게 웃으며 헝클어진 머리칼을 정리했다.

어릴 때부터 나는 먹고 싶은 것과 자고 싶은 것을 참지 못했다. 복싱을 시작하면서부터는 둘 다 참아야 했다. 그럼에도 사흘 동안 제대로 잠을 못 잔 것은 처음이었다. 명품 양복을 입고 나타난 아저씨 때문이다.

내 나이 열일곱. 십만 원, 백만 원이 어느 정도의 가치인지는 짐작할 수 있지만, 천만 원이 넘으면 가늠이 되지 않았다. 손가락보다 많은 수를 셀 수 없어서, 열 이상이면 모두 '많다'라고만 표현했다는 원시인처럼. 대략적인 돈의 무게를 알게 된 건 엄마의 병원비와 엄마 명의로 된 빚 때문이었다. 나라에서 매달 주는 돈으로는 어림도 없는 액수였다.

그 아저씨가 나에게 제시한 돈은 오천만 원. 그게 참 절묘했다.

일억원이었으면 사기나 범죄라고 생각했을 것이다. 일산 아파트의 방 한 칸도 살 수 없는 돈이지만, 내게는 지나치게 커서 현실감이 없는 금액이다. 오천만 원은 현실적으로 우리에게 절실한 돈이었다. 그 돈이면 엄마의 빚을 갚고 수술비까지 낼 수 있다.

엄마를 치료하려면 돈만으로 되지 않았다. 의사 선생님은 약물 치료만 하면 살 확률이 낮은데, 심장 이식을 하면 내가 시집갈 때까지도 살 수 있다고 했다. 문제는 엄마가 O형이라 O형 기증자의 것만 받을 수 있는데, 보통 1년 넘게도 기다려야 한다는 것이다. 그 아저씨는 자기가 그 기간을 당길 수 있으며, 병원에 장기간 입원할 수 있도록 도와주겠다고 했다.

그는 나에 대해, 내가 처한 상황에 대해, 대체 어디까지, 어떻게 아는 것일까? 무섭기도 했지만, 그 역시 자신이 할 수 있는 최선을 다하는 것이라는 생각도 들었다. 우리 엄마도 그 아저씨와 같은 상황이라면, 자식을 위해 그렇게 했을지 모른다.

수학 선생님은 종 치는 것보다 먼저 수업을 끝내줘서 애들에게 인기가 많다. 4교시 수학 시간이 끝나자 내내 졸던 아이들이 치마를 휘날리며 급식실로 뛰어갔다. 영화 〈300〉에 나오는 스파르타 군인들처럼 무시무시한 기세여서 복도가 울렸다. 영양사 선생님이 바뀌더니 전날 인기를 끌었던 닭강정에 이어 무려 랍스타가 메뉴로 올라왔단다.

빈 교실에서 할배가 싸준 도시락을 먹었다. 여름방학이 끝나면 대통령배 전국 복싱 대회에 출전하기로 했다. 그때까지 엄마가 나아서 내 경기를 보러 오면 얼마나 좋을까? 식욕은 하나도 없었지만, 꾸역꾸역 닭가슴살과 보충제를 삼켰다.

결정을 마쳤다. 아이들이 식사를 마치고 올라오기 전에 아저씨와 통화를 하기로 했다. 주머니 속에 내내 지니고 있던 메모지를 꺼내 거기에 적힌 번호로 전화를 걸었다.

"여보세요?"

"그래, 서아야. 결정했구나."

"그게요."

"아니, 아니야. 얘기했잖니. 전화로 하지 말라고."

"아, 네."

그는 내게 전화나 문자 대신 꼭 텔레그램으로 말을 걸라고 했다. 그 간단한 걸 까먹다니 정신이 없긴 없었다. 텔레그램으로 대화를 보냈다.

—저 할게요.

—잘 생각했다.

—이제 어떻게 하면 돼요?

—만나서 얘기하자. 언제 시간 되니?

체육관에서 훈련을 마치고 집 앞에서 보기로 약속을 잡았다. 오후 수업을 들을 때도, 수업을 마치고 체육관에서 운동을 할 때도, 내가 내린 결정이 옳은 것인지를 놓고 고민하느라 집중하기 힘들었다. 그래가지고 1회전 통과나 하겠느냐고 할배에게 엄청나게 혼난 뒤 체육관에서 나왔다.

드문드문 가로등이 있기는 하지만 집 근처는 밤이 되면 늘 어둡다. 가끔 개가 짖는 것 말고는 아무 소리도 들리지 않는 길을 빠르게 걸었다. 토요일에 보았던 검정 차가 집 앞에 서 있었다. 조수석 문을 열고 들어가 앉았다.

"잘 생각했어."

"확실한 거죠?"

"그래. 너에게 사람을 붙여줄 거야."

"아뇨. 우리 엄마 수술이요. 그거까지 책임지는 거 맞죠?"

그에게는 나와 나이가 같은 딸이 있었다. 나와 키와 체중, 얼굴형까지 비슷하단다. 그 딸이 사고를 친 게 모든 일의 발단이었다. 맞은 사람 가족이 경찰에 신고해서 조사 중이란다. 그는 자신의 딸 대신 내가 경찰에 가서 자수하면, 그 대가로 오천만 원을 준다고 했다. 대신 우리 둘만의 비밀이라고 했다.

"너도 애가 아니니까. 짐작하겠지만, 이런 제안을 할 정도의 사람이라면 사회에서 영향력이 있다는 뜻이란다. 내가 약속을 안 지키면 네가 우리의 비밀을 밝힐 텐데, 그건 내게 치명적이겠지? 우리 딸에게도. 아, 이름은 소미야, 소미. 너처럼 예뻐. 너는 경찰서를 다녀와도 운동선수를 계속할 수 있겠지만, 소미는 작은 흠결도 있으면 안 되거든. 나중에 큰일을 할 거라서. 그 돈이면 네 엄마 채무는 깔끔하게 해결이 될 거야. 그리고 우선순위를 올려서 곧 수술도 받게 될 거야."

아저씨는 '깔끔'이라는 단어를 좋아했다. 우리의 거래가 깔끔하게 끝날 것이고, 그로 인해 자기 딸 이력도 깔끔해질 것이라고 했다. 나도 깔끔하게 끝나기를 바랐다. 경찰서라는 단어만 들어도 무섭지만, 엄마를 잃는 게 더 무서웠다.

내가 복싱을 하겠다는 걸 엄마가 수락한 이유가 있다. 어릴 때부터 몸이 약했던 내가 돌이 지날 무렵 심하게 앓았단다. 열이 펄펄 끓어서 울음을 그치지 않았는데, 마침 우리 집을 지나던 법사인지 도사인지를 만났다고 한다.

그는 병원에서 고칠 병이 아니고 열심히 기도해야 딸을 살릴 수 있다며, 애를 명대로 살게 하려면 운동을 시켜야 한다고 했다. 엄마는 정성을 다해 기도해서 나를 살렸다. 이제 나는 지나칠 정도로 건강한데, 엄마가 아프다. 내가 엄마를 살릴 차례다.

조금만 참아, 엄마.

폭력

가끔 지나가다 보던 일산 동부경찰서를 내 발로 찾아갈 줄은 몰랐다. 그것도 생일날 아침에. 오른쪽 가슴에 주머니가 달린 흰색 루즈핏 티셔츠와 검정 핫팬츠에 흰색 구찌 스니커즈, 거기에 검은색 샤넬 볼캡까지. 소미가 사건 당일 입었던 옷차림 그대로였다.

"어떻게 오셨죠?"

"저…… 자수하러 왔어요."

"네?"

경찰서에 들어가서 제일 먼저 눈이 마주친 남자에게 말을 걸었다. 소미네 아빠가 알려준 대로 어리숙하게 말했다. 굳이 연기력을 발휘할 필요는 없었다. 나는 원래 어리숙하게 말하니까. 경찰복을 입었지만 경찰인지 공익요원인지 알 수 없는 남자가 나를 본관 3층에 있는 여성청소년계로 데려갔다.

영화에서 보던 경찰서는 피해자가 울고불고 항의하고, 잡혀들어온 사람들이 온갖 욕설을 하고, 짜장면을 먹던 형사가 서류철로 범죄자 머리를 내려치는 곳이었다. 하지만 직접 들어가 보니 그보다는 장학사 방문을 앞둔 교무실 같았다. 여기저기 키보드를 두드리고 전화하는 소리가 요란했고, 다들 뭐가 그렇게 분주한지 말을 걸 수도 없었다.

"어떻게 오셨죠?"

"자수하려요."

"자수?"

"네."

순둥순둥하게 생긴 경찰관 언니가 먼저 다가왔다. 머리망으로 깔끔하게 정리한 올림머리에 옅은 화장을 했다. 이렇게 예쁜 경찰도 있는지 신기해서 한참을 바라보았다.

"잠시만 기다리세요."

경찰서 정문 앞에서 삼십 분이 넘도록 서성이며 기다렸다. 안에 들어와서도 그만큼 기다렸다. 다시 나타난 경찰관 언니가 나를 조사실로 데려갔다. 사무용 책상 앞에 놓인 의자에 앉았다. 경찰관 언니는 내 맞은편에 앉자마자 질문을 쏟아냈다.

"이름이 어떻게 되죠?"

"왕, 서, 아, 입니다."

"나이는?"

"만으로 열여섯이요. 오늘부터."

"주소는?"

기본적인 인적 사항에 이어 그날 소미가 저지른 일에 대해 진술했다. 조사는 채 이십 분이 걸리지 않았다. 무사히 경찰서 밖으로 나왔지만, 나는 이제 형사 입건된 상태가 되었다. 소미네 아빠에게 텔레그램으로 말을 걸었다.

—나왔어요.

—수고했다. 별일 없었지?

—아저씨가 말한 대로였어요.

—그래. 잘했다. 운전 중이니까 나중에 얘기하자.

아침 열 시가 조금 넘은 시간이었다. 학교에는 엄마 때문에 병원에 간다고 얘기를 해두었다. 잘 처리하겠으니까 걱정하지 말라던 담임 선생님 말을 듣자 거짓말을 한 게 죄송했다. 하지만 병원에 가는 것보다 경찰서에 가는 게 엄마를 위한 길이었다.

머리가 지끈거려서 곧장 집으로 갔다. 점심 먹는 것도 잊은 채 오후까지 자다가 일어났다. 냄비에 물을 받아 버너에 올리고 라면을 끓여 먹었다. 머리 아픈 게 조금 나아져 체육관에 일찍 갔다. 골치 아픈 일이 있을 때는 몸을 굴려서 땀을 빼는 게 최고다.

며칠 뒤 다시 경찰서에 불려갔다. 이번에는 소미네 아빠가 붙여준 사람과 함께였다. 변호사라고 하는데, 머리에 숱이 없어서 그렇지, 되게 나이 많은 사람 같지는 않았다. 변호사 아저씨와 함께 경찰관 언니를 만났다. 다시 조사실에 가니 경찰관 언니는 CCTV 화면에 잡힌 나, 아니, 소미를 보여주었다. 얘기로만 듣던 장면을 화면으로 직접 보게 됐다.

긴 청바지에 셔츠 차림의 여자가 굽 있는 구두를 신고 비틀거리며 걷는 모습이 나왔다. 피해자인 세희 언니였다. 그 뒤를 따라오던 한 여자애가 세희 언니의 머리끄덩이를 잡아챘다. 소미였다. 그리고는 주먹으로 여러 차례 얼굴과 몸을 때렸다. 세희 언니가 주저앉자 발로 걷어찼다. 복싱선수의 눈으로 볼 때 힘이 실린 공격은 아니었지만, 사람을 처음 때려보는 솜씨가 아닌 것도 분명했다.

소미는 주위를 둘러본 뒤 빠르게 CCTV 화면 밖으로 사라졌다. 세희 언니는 한동안 바닥에 누워 있다가 다시 몸을 일으켰다. 그리고 어디론가 걸어가며 보이지 않았다. 동영상이 끝났다. 경찰서에 처음 왔을 때 내가 입었던 복장과 똑같아서 내가 봐도 내가 저지른 일 같았다.

"왕서아. 여기 이 모자 쓴 사람이 확실히 너라는 거지?"

"네. 수요일에 말씀드렸잖아요."

"있잖아. 이거 상황이 심각해졌어."

"네?"

소미네 아빠는 물건을 집어서 때린 것도 아니고, 폭행 강도가 심하지도 않으니, 합의금과 벌금 정도로 끝날 일이라고 했다. 물론 그 돈은 모두 자신이 책임지겠다고 했다. 혹시 일이 커져서 유치장에 갇히는 구류 처벌을 받는다고 해도 30일을 넘지는 않을 것이라고 했다. 엄마를 살리는 대가로는 크지 않다고 생각했다.

심각하다는 단어를 내뱉는 경찰관 언니의 표정도 심각해졌다. 뭔가 상황이 달라진 것이 분명했다. 그리고 소미네 아빠가 붙여준 변호사 아저씨는 나를 돕기 위해 있는 게 아니라, 내가 무슨 말을 하는지 감시하는 역할이라는 의심이 들기 시작했다. 그는 나를 전혀 거들어주지 않았다.

***

소미에게 당한 날, 세희 언니는 만취 상태였다. 근처 술집에서 나와 길을 걷다가 갑작스럽게 구타를 당한 뒤, 근처 주차장에 쓰러져 있는 모습까지 CCTV에 잡혔다. 이후 집으로 가는 길 위에서 발견되었다. 지나가던 행인이 피투성이가 된 그녀를 보고 119에 신고했다. 병원에 며칠을 누워 있던 그녀가 끝내 사망했단다.

단순폭행에서 폭행치사라는 무시무시한 혐의로 바뀌며 난 곧바로 체포되었다. 경찰서 유치장에 갇히기까지 모든 게 눈 깜짝할 사이에 일어났다. 경찰관 언니는 그 정도 폭행이 사망의 직접적인 원인이 되기는 힘드니, 너무 걱정하지 말라고 했다. 변호사 아저씨도 같은 이유로 검찰에서 영장을 기각할 것이니 걱정하지 말라고 했다.

휴대폰과 가방을 경찰관 언니에게 맡기고 담요 두 장과 베개를 받았다. 여섯 명까지 들어간다는 방을 나 혼자 썼다. 딱딱한 바닥에 멍하니 누워 있거나 TV를 보는 게 유치장에서 할 수 있는 일의 전부였다. 샤워하는 곳이 따로 있는 건 다행이었는데, 화장실에서 용변을 보면 근무하는 경찰에게까지 소리가 들려서 민망했다.

하루 밥 세 끼는 꼬박꼬박 나왔다. 아침과 점심 모두 반찬 두어 가지에 멀건 국이 나왔는데, 저녁부터는 변호사 아저씨가 사식을 먹을 수 있게 해주었다. 사식이라고 해서 영화에서 보던 것처럼 국밥을 먹는 건 아니었다. 경찰서 구내식당과 같은 메뉴에 조금 괜찮은 반찬이 추가됐다. 경찰에게 얘기하면 매점에서 파는 음식을 먹을 수 있다고 했다. 자꾸 속이 답답하고 목이 말라 탄산음료를 부탁하니 정말 사다 주었다.

변호사 아저씨는 아침, 점심, 저녁때마다 찾아왔다. 유치장에서는 하루에 세 번까지 면회를 할 수 있다. 두꺼운 투명 아크릴로 막아 놓은 쇠창살을 사이에 두고 마이크로 대화를 하는데, 옆에 경찰이 지키고 있어서 진짜 궁금한 건 물어볼 수가 없었다.

"검사들은 바보가 아니에요. 아니, 여고생이 때렸다고 사람이 그렇게 쉽게 죽어요? 게다가 서아 양도 봤잖아요. CCTV에서 그 여자가 피 흘리는 장면이 있었어요? 말도 안 되지. 그럴 힘도 없는데."

변호사 아저씨의 말에 내가 놀랐던 건, 이 사건의 진짜 가해자를 알고 있다는 듯한 대목 때문이었다. '그럴 힘도 없다'라고 한 건 내가 아닌 소미를 두고 한 말임이 분명했다. 즉, 그가 소미네 아빠와 나와의 거래 내용을 알고 있다는 것이다.

그와 면회를 마친 뒤 바닥에 누웠다. 머릿속이 복잡했다. 그가 누구의 편인지는 확실했다. 자신을 고용한 사람의 편일 것이다. 그런데 그를 고용한 사람은 이 사건이 '깔끔'하게 끝나기를 원하고 있다. 그러니 내 편을 들어줄 것이다. 논리적으로 맞는 건지는 몰라도, 그런 기대마저 없었다면 나는 내내 울면서 공포에 떨었을 것이다.

갈아입을 속옷이 없어서 고민이었는데, 다행히 변호사 아저씨가 면회하러 오면서 가져다주었다. 면으로 된 상하의와 여러 벌의 속옷을 사물함에 넣었다. 샤워하고 새 옷을 꺼내 갈아입었는데, 소미 사이즈로 골랐는지 조금 작았다.

실제로는 얼굴도 보지 못한 사이지만, 세희 언니가 죽었다는 걸 생각하니 잠이 오지 않았다. 소미가 한 일이지만, 여기서는 내가 저지른 일이다. 진심으로 궁금했다. 세희 언니는 대체 왜, 어떻게 죽은 것일까?

***

경찰관 언니, 변호사 아저씨, 둘 다 틀렸다. 검찰에서는 나를 소년부로 송치해 가정법원으로 사건을 넘기는 대신, 형사재판으로 다루는 결정을 했다. 일산 동부경찰서 유치장을 떠나 차로 한 시간 거리인 구치소에 수감됐다. 시내 한복판에 있던 유치장과는 전혀 다른 곳이었다.

구치소는 국가 중요시설이라서 지도 앱에도 나오지 않는다고 한다. 입구에 우뚝 선 커다란 철문과 주변을 두른 높은 담, 그리고 그 뒤에 설치된 울타리가 세상과 우리를 격리했다. 구치소 안으로 들어가면 보이는 건 오로지 높은 담뿐이다. 손에 수갑을 차고 포승줄에 묶인 채 여러 개의 문을 지나야 감방에 도착한다.

'신입실'이라는 팻말이 붙은 커다란 방에 들어갔다. 신분 확인을 하고 소지품을 맡긴 다음에 몸수색을 받았다. 몸 구석구석까지, 차마 말할 수 없을 정도로 샅샅이 뒤진다. 흉기나 마약을 숨겼을지 몰라서란다. 검사가 끝나면 씻고 식사를 한 뒤 교도관에게 교육을 받는다. 그리고 수의로 갈아입는다.

유치장에서는 사복을 입을 수 있었는데, 구치소에서는 수의를 입어야 했다. 누가 입던 헌 옷이었다. 황갈색 수의는 아직 판결이 나지 않은 미결수가 입는 것이고, 파란색은 재판이 끝나 형이 확정된 기결수가 입는다. 아주 드물게 황갈색을 입은 기결수가 있는데, 사형수란다.

여자 사동은 구치소 오른쪽에 따로 있다. 남자는 들어갈 수 없는 곳이다. 교도관을 따라 4인실 방에 들어갔다. 혼거실[1]에는 황갈색 수의를 입은 다섯 명이 생활하고 있었다. 내가 발을 들여놓자 교도관이 철문을 닫고 밖에서 걸어 잠갔다. 열 개의 눈동자가 일제히 나

1. 여럿이 섞여 지내는 방

를 훑기 시작했다[2].

"뭐야, 애기가 왔네?"

"그러게. 얘, 너 엄청 큰 사고 쳤나 보다?"

"몇 살이야? 머리가 짧은 거 보니 운동했니?"

"키 큰 거 봐. 키가 몇이야?"

쏟아지는 질문에 몸이 덜덜 떨렸다. 내 편견 때문이었는지는 몰라도 다들 어찌나 첫인상이 험악하게 보이던지, 뭐라고 대답할 용기도 나지 않았다.

식은땀만 흘리고 있을 때 한쪽 팔을 바닥에 대고 반쯤 누워 있던 덩치 큰 언니가 입을 열었다. 삼십 대 같기도 하고 사십 대 같기도 한, 종잡을 수 없는 외모였다.

"야, 이년들아. 니들 땜에 겁먹었잖아. 이리 와. 언니 옆에 앉아 봐."

걸걸한 목소리로 나를 부른 그녀 곁으로 다가가 앉았다. 분위기를 보니 이 방의 방장인 게 분명했다. 품이 넉넉한 수의로도 몸 곳곳에 새긴 문신이 다 가려지지 않았다. 키도 나와 비슷할 정도인데다 몸집은 비교도 안 되게 훨씬 커서 웬만한 남자도 위압감을 느낄 정도였다.

"긴장 풀고 편하게 앉아. 몇 살이니?"

"여…… 열일곱이요."

2. 교정시설 내에서는 성년과 미성년자를 분리 수용하는 게 원칙이나 사정에 따라 달라질 수 있음.

"열일곱이면 뭐야? 설마 고1이야?"

"네."

그녀가 손을 들기에 반사적으로 움찔했다. 피식 웃은 그녀가 내 머리를 쓸어주자 비로소 안도가 되었다. 적어도 나쁜 첫인상을 준 것 같지는 않았다.

"원래는 저기가 막내 자리인데, 너는 내 옆자리 써라. 잘 들어, 이년들아! 얘는 애기고 막내니까 특별대우해 준다. 불만 있는 년 있으면 말해봐."

그녀의 말에 다들 침묵했다. 그녀가 막내 자리라고 가리킨 곳은 화장실 앞이었다. 열리지 않는다고 해도 창문이 있는 가장 안쪽이 상석인 줄 알았는데, 환기가 잘 되고 화장실 냄새가 덜 나는 배식구 앞이 상석이었다. 그 옆이 내 자리가 됐다.

갑자기 방장이 손가락을 입술에 가져다 댔다. 모두가 숨죽인 듯 조용해졌다. 복도에서 누군가 걸어가는 소리가 들렸다. 알고 보니 새로 들어온 수감자에 대한 신입식이 있을까 봐 우리 방 옆에서 엿듣고 있던 교도관이 돌아가는 것이었다. 언니들은 그걸 다 알고 있었다.

"씨발. 지금이 쌍팔년도 아니고, 쥐새끼같이 몰래 듣고 지랄이야. 애, 요즘엔 신고식 같은 거 없어. 뭐 처먹이고 때리고 그런 거 안 하니까, 긴장 풀고 편하게 앉아. 애들아, 오랜만에 우리 돌아가며 정답게 자기소개나 하자."

그제야 나도 모르게 무릎을 꿇고 있었다는 걸 알게 됐다.

"폭행치사? 이년 보게. 와꾸랑 다르게 사이즈 살벌하네!"

언니 다섯 명에 이어 내가 마지막으로 이름과 죄명을 말하니 방장 언니가 웃으며 말했다. 그녀의 이름은 지영이었다. 특수상해에 특수폭행, 그리고 사기까지 저지른 혐의로 재판이 진행 중이라고 했다. 애인도 교도소에 들어가 있는데, 유명한 조직폭력배란다.

"야, 니들은 잡범이니까 얘 함부로 건들 자격 없어. 너, 서아라고 했냐?"

"네."

"서아 너는 다른 거 다 면제야. 설거지 담당만 해. 이모 말고 언니라고 부르고. 알았지?"

"네."

뭔가 대단한 특혜와 보호를 받는 것 같았다. 사방이 막혀 도망갈 데도 없는 곳에서 죄를 지어 들어온 사람들과 지내는 게 두려웠는데, 지영 언니가 걱정을 덜어주었다.

침구류와 TV 같은 걸 빼면 개인 물건을 보관할 수 있는 사물함, 그리고 싱크대와 좌변기가 방 안에 있는 것 전부다. 아, 선풍기도 한 대 있다. 시원했던 유치장과 달리, 선풍기 한 대로는 땀을 식힐 수 없었다. 밤에는 그마저도 틀 수 없었다.

저녁을 먹고 자기 위해 누웠지만 통 잠이 오지 않았다. 불을 꺼주지 않아서 눈이 부신 것도 있고, 지영 언니가 바로 옆에서 드르렁거리며 코를 골아서였기도 했지만, 앞으로 어떤 일이 벌어질지 몰라 불안해서였다. 주변 사람들에게 알리지 않은 것도 문제였다.

당장 학교에서 난리가 났을 것이다. 지각 한 번 안 하던 애가 무단결석을 했으니. 학교에서 잘리게 되겠지? 혹시 경찰이나 검찰 수사관이 병원에 있는 엄마한테도 연락했을까? 엄마가 알게 되면 절대 안 되는데. 안정을 취해야 하는데. 애슬이가 걱정하겠다. 전화도 안 되니까. 할배는 또 어떻고. 훈련을 빼먹었으니 집에도 가봤겠지. 학교에 연락했을지도 몰라.

내가 그런 걸 걱정할 주제인가 싶기도 했다. 이곳에서 얼마나 있게 될지, 앞으로 어떤 일들이 펼쳐지게 될지 알지도 못하면서. 발바닥이 장판에 쩍쩍 달라붙는 거실에 배를 깔고 누워서 아이스아메리카노를 홀짝이며 복싱 동영상을 보던 내가, 유치장에 이어 이제는 구치소 바닥에 누워 있다니. 현실이 아닌 것 같아서 피식 웃음이 나기도 했다. 조금씩 미쳐가고 있는 것 같았다.

***

잠깐 눈만 감았다 뜬 것 같은데 두어 시간 정도는 잤나 보다. 시끄러운 노랫소리가 들려 눈을 떴다. "법은 어렵지 않아요. 법은 불편하지도 않아요. 법은 우릴 도와주어요." 새벽 여섯 시면 우리나라 모든 교정시설에 검찰청 로고송이 울려 퍼진다.

이부자리를 개고 점호를 마치자 방마다 아침 식사가 도착했다. 상을 펴고 식판에 음식을 올리는 동작이 기계처럼 이뤄졌다. 초록색 플라스틱 수저를 들고 식판을 훑어보았다. 메뉴는 미역국에 배추김치, 깻잎무침이었다. 지영 언니가 자기 식판을 나한테 밀었다.

"막내야, 한참 클 때니까 모자라면 내 거 먹어. 언니는 고기반찬 없으면 밥을 못 먹어. 오늘 아침은 아메리칸 스타일로 해야겠다."

지영 언니가 싱크대 수납장에서 빵과 커피를 꺼냈다. 역시 대단한 백이 있어서 교도관까지 구워삶아 몰래 들여온 건 줄 알았다. 알고 보니 구치소에서도 영치금을 내고 매점에서 파는 음식을 사 먹을 수 있었다. 방마다 돈을 모아 간식과 부식을 사서 싱크대 밑이나 사물함에 쟁이는 게 보통이었다.

구치소에 갇힌 사람들이 반찬 투정이 심하다는 것, 그래서 입맛이 없을 때면 고추장과 참기름, 아니면 마가린과 간장, 그것도 아니면 참치통조림이나 양념 소스를 꺼내 밥에 비벼 먹는다는 걸 피해자나 피해자 가족들이 알면 분통이 터질 것이다.

그렇다고 구치소 생활이 편한 건 아니다. 방에서 마음대로 누울 수 없는 것은 물론이고, 운동도 할 수 없다. 밥 먹는 것, 화장실에 가는 것까지, 일상적인 모든 걸 가족도 아닌 사람들이 언제나 지켜본다는 게 불편했다. 친한 척하고는 있지만, 서로 절대 신뢰할 수 없는 사람들이 모인 곳이기 때문이다.

이동의 자유가 없는 것도 괴로운데, 시간도 좀처럼 가지 않았다. 그 안에서 죄를 뉘우치고 반성하는 사람은 못 봤다. 다들 심심해서 미치겠다는 말만 할 뿐이다. TV가 있지만 재미없는 프로그램만 나오는 데다 죄다 재방이다. 그래서 입담 좋은 사람이 인기가 많다. 대부분 쓰잘머리 없는 잡담과 남자 얘기, 음담패설이지만.

저녁을 먹고 설거지까지 마쳤지만, 창문 밖은 대낮처럼 훤했다. 지영 언니가 재밌는 얘기를 해주겠다고 하자 다들 둥그렇게 둘러앉았다. 그녀의 직업이 궁금했는데, 강남에서 룸살롱을 운영했다고 한다. 그런 일은 드라마에서 나오는 것처럼 야시시한 얼굴에 여리여리한 몸매를 가진 사람들이나 하는 줄 알았다.

"그 새끼 누구더라? 영화 '내 여자의 애인'에 나온 애 있잖아."

"아, 걔? 알죠, 알죠. 가수로도 유명했잖아요."

"걔가 우리 가게 단골이었거든."

"어머, 어머! 웬일이야? 크리스천이라 술 한잔도 못 먹는다더니!"

별명이 '썅년'인, 사기죄로 들어온 언니가 맞장구를 쳐줬다. 썅년 언니는 우리 방에서 나이가 제일 많다. 그런데도 지영 언니를 꼬박꼬박 언니라고 부른다.

"내가 다른 사업 때문에 바빠서 가게를 잘 안 나갔는데, 걔가 온다고 하면 출근했어. VIP니까 그런 것도 있지만 궁금하잖아."

"궁금하지! 나 같으면 내가 룸에 들어가겠다."

"썅년아, 네 세숫대야를 어디다 내밀어. 장사 말아먹을 일 있냐? 아무튼, 그렇게 유명한 애를 단골로 잡으면 상무들이 마케팅하기에도 좋잖아. 그런데 이 새끼가 술버릇이 좆같은 거야."

"세상에. 진짜 연예인들 이미지만 보고 믿으면 안 된다니까."

그는 여고생들 사이에서도 인기가 많은 배우였다. 한류 스타가 되어 중국과 동남아에서도 높은 인기를 구가했다. 관심 없는 척했지만 나도 집중해서 들을 수밖에 없었다.

"아, 그 새끼 외상값이 얼만데. 내가 빵에 들어와 있으니 받지도 못하고. 원래 웨이터한테 받아내야 하는데, 내가 착한 사장이라. 아무튼 그 새끼는 말이야, 호텔로 안 올라가고 꼭 룸에서 떡을 쳐. 그것도 지보다 훨씬 어린 애들만 좋아한단 말이야."

"사내새끼들은 다들 그런단 말이야."

"하루는 상무한테 연락이 왔는데, 그 새끼가 아가씨들 물이 안 좋다고 꼬장을 부린다는 거야. 그래서 내가 들어갔지."

"그래서요?"

"혼자 왔더라고. 걔는 맨날 혼자 와. 나한테 여기서 제일 어리고 예쁜 애를 데려오라면서 테이블 위에 수표를 딱! 올려놓는 거야."

"어머, 카리스마! 영화에서 그런 장면 본 것 같아."

"내가 연예인 애들도 데리고 있었으니까. 그, 요즘 드라마에 나오는 K 알지? 아이돌 하던 애."

깜짝 놀랐다. 아이돌 출신에 드라마에 나오는 K라면, 애슬이가 속해 있던 4인조 걸그룹의 리더가 분명했다.

"걔가 우리 가게 에이스는 아닌데, 어리고 예쁘잖아. 그래서 걔를 데리고 들어갔어."

"그래서, 그래서, 언니. 빨리 좀! 궁금해 죽겠네."

"썅년아, 이거보다 어떻게 더 빨리 얘기해? 딱 훑어보더니 마음에 들어 하더라고. 그래서 즐겁게 노시라고 하고 나왔지. 그랬는데, 아오, 그 씹새끼가 진짜."

"왜? 어떻게 됐는데?"

"K가 뛰쳐나왔어. 미친 새끼라고 욕하고 소리를 지르면서 울더라고."

우리 방에 있던 모두가 침을 꼴깍 삼키며 지영 언니의 다음 말을 기다렸다.

"씨발놈. 글쎄, K가 흰색 드레스를 입었거든? 내가 가서 보니까, 엉덩이 부분이 빨개. 피가 난 거야."

"뭐야, 때렸어? 양주병이라도 깨뜨린 거야?"

"병원에 데려가니까 항문파열이래, 항문파열! 내가 살다 살다 그런 새끼는 또 처음 봤네."

"대박. 변태 새끼 아니야?"

지영 언니의 무용담은 다들 남자 배우를 욕하는 것으로 마무리됐다. 아홉 시가 되어 이부자리를 펴고 누워야 했다. 밤이 되자 조금 어두워지긴 했지만, 책도 읽을 수 있을 정도로 밝았다. 다들 수면 안대를 끼는 이유가 있었다.

나는 무서웠다. 그런 얘기를 여과 없이 듣는 곳에 내가 있다는 현실이. 그리고 애슬이와 몇 년을 함께 했으니, 왠지 나하고도 친한 것 같은 K가 술집에서 일하고 있다는 게. 또 그런 변을 당했다는 게. 그런 일은 나와는 상관없는, 울타리 바깥에 있는 세계의 일이었다. 그런데 그런 세계에서 온 사람과 살을 맞대고 누워 있다.

이 사람들도 구치소에 들어오기 전까지는 남들처럼 카페에서 커피를 마시고, 가을이 되면 칼국수를 먹는, 언젠가 나와 스쳐 지나갔을, 평범한 이웃이었을 지도 모른다. 같은 하늘 아래에서 같은 공기를 마시고, 같은 TV 드라마를 보았을 것이다. 그 생각을 하니 소름이 돋았다. 그중에 극히 일부만 이 울타리 안으로 들어와 격리된 것이겠지.

어른들의 세상이란 게 다 그런 것일까? 우리 엄마도 세상이 이토록 무섭고 더럽고 위험하다는 걸 다 알고 있었을까? 그래서 그렇게 평범하고 무난하게 살라는 말을 반복했던 걸까? 엄마도, 담임 선생님도, 할배도, 내가 아는 어른들도, 다 세상이 그렇다는 걸 알고 있던 걸까? 좁은 곳에 갇혀 있어서 그런지 생각이 정리되지 않았다. 머리가 더 복잡해졌다.

애슬이는 K 언니가 그렇게 됐다는 걸 알고 있을까? 그걸 알면서도 더럽다고 생각하지 않고, 그럴 수도 있다고 이해해 준 걸까? 살기 위해서는 어쩔 수 없다고 생각했을까? 비싼 집에 살고 명품백을 드는 삶을 지탱하려고 그런 일까지 할 수 있다고? 내가 너무도 잘 아는 내 친구 애슬이, 착하고 예쁜 순둥이가 그걸 이해한다고? 다들 그렇게 사는 건가?

엄마. 왜 갑자기 엄마 얼굴이 떠오르지? 엄마, 나 무서워. 여기서 나가고 싶어. 우리 엄마, 수술은 언제 받을 수 있을까? 엄마, 엄마……. 엄마 보고 싶다. 엄마를 생각하다 까무룩 잠이 들었다.

***

구치소는 쳇바퀴 돌 듯 매일 같은 일이 반복된다. 아침 시간이 제일 바쁘다. 식사를 마치면 약속이나 한 듯 차례로 화장실에 다녀온다. 다들 같은 음식을 먹어서 똥 냄새도, 방귀 냄새도 똑같다. 후각은 시간이 흐르면서 둔해진다더니, 적어도 구치소에서는 아니었다. 우리 방뿐 아니라 옆방에서도 날아오는 구린내를 한 시간도 넘게 맡는 건 고역이었다.

두 평 반짜리 4인실에 여섯 명이 함께 지내는 건 아무것도 하지 않아도 힘겨운 일이다. 짧게 주어지는 운동시간에만 밖에 나갈 수 있을 뿐, 이 좁은 곳에서 여섯 명이 온종일 붙어 지낸다. 옆 사람 체온만으로도 사우나처럼 후끈후끈하다. 그나마 식판 여섯 개를 설거지하는 시간만큼은 눈치를 보지 않아도 돼서 좋았다.

"언니, 잘 다녀오세요."

"접견 잘하고 오십시오."

운동시간 말고 철문이 열린 건 처음이었다. 언니들이 지영 언니의 뒤통수에 대고 꾸벅 절을 했다. 지영 언니는 문 앞에서 기다리던 교도관과 함께 접견실로 향했다. 변호사가 접견, 즉 면회를 왔기 때문이었다. 지영 언니는 새로 고용한 변호사가 유명한 법률사무소 출신인데, 젊고 잘생겼다고 자랑하곤 했다.

변호인 접견은 횟수와 시간제한이 없어서 시간 때우기에 좋단다. 그래서 재판과 관련 있는 얘기만 하는 게 아니라 밖에서 요즘 화제가 되는 뉴스와 인기 있는 드라마 얘기 같은 잡담을 한다. 근사한 남자와 수다를 떨면서 여유 있게 커피까지 마시고 오는 고품격 휴식 시간이라는 게 지영 언니 얘기였다.

미결수의 경우 가족이나 지인과 접견하는 건 원칙적으로 하루에 한 번만 가능하다. 기결수는 죄질에 따라 횟수가 다르다. 접견 시간은 기본이 10분, 이른 시간에는 12분까지만 가능하다. 접견실까지 이동하고, 또 거기서 대기하는 시간이 훨씬 더 오래 걸린다.

"야, 막내. 너 이리 와봐."

'촉새' 언니가 나를 불렀다. 내가 올 때까지 막내 생활을 하던 사람이다. 회사에서 경리로 일하면서 5년 동안 공금을 횡령했다가 붙잡혔다. 그 돈으로 주식투자를 했고, 불륜 관계에 있던 애인의 사업자금을 대줬단다.

"네, 언니."

"씨발년이. 언제 봤다고 언니야?"

나한테 별말이 없던 그녀가 안색을 싹 바꿨다. 그제야 알았다. 지영 언니가 없으면 이 방의 권력구조가 확 바뀐다는 것을. 중학교 2학년 때 우리 반도 그랬다.

일진 남자애가 뉴스에도 나올 만큼 크게 사고를 쳐서 자퇴한 적이 있었다. 드디어 교실에 평화가 찾아왔다고 다들 기뻐했다. 하지만 그것도 잠시, 그동안 이인자로 있으면서 일진 남자애의 '똘마니' 노릇을 했던 녀석이 그 자리를 차지했다. 그것도 더 악랄하게 굴면서.

녀석은 힘없는 애들만 골라서 괴롭혔다. 친구들 태블릿과 게임기를 빌렸다가 돌려주지 않는 건 기본이었다. 문화상품권을 상납받기도 했고, 남자애 고추 끝을 라이터로 그슬린 적도 있었다. 걔는 결국 훔친 오토바이를 타고 자유로를 달리다가 몸이 두 동강 난 채로 죽었다. 담임 선생님은 그 소식을 전하며 울었지만, 반 아이 중 슬퍼하는 애는 아무도 없었다.

"너는 눈치가 없는 거야? 아니면 씨발, 우리가 존나 만만하니까 썡까는 거야?"

"언니, 무슨 말씀이세요."

"언니라고 하지 말라니까, 이년이. 야! 지영이가 오냐오냐 예쁘다 해주니까, 우리는 좆같냐?"

촉새 언니는 말하는 내내 가운뎃손가락 관절이 튀어나오게 쥔 주먹으로 내 가슴을 때렸다. 아프기도 했지만, 혼자 내몰린 상황과 거친 단어들이 견딜 수 없을 정도로 무서웠다.

"설거지만 하라고 하니까, 딱 그거만 하면 땡이야? 이게 진짜, 어리다고 봐줄 수가 없어. 개념이 없잖아, 개념이."

그녀는 내가 무엇을 잘못했는지 하나하나 지적하기 시작했다.

먼저, 일어나자마자 언니들 침구부터 개지 않는 게 문제라고 했다. 그리고 화장실 청소와 언니들 속옷 세탁 같은 건 시키지 않아도 눈치껏 알아서 하는 게 당연하지 않으냐고 했다.

"잘못했어요. 앞으로는 제가 할게요."

"그리고. 너 우리한테 영치금 냈어? 부식 중에 네 돈으로 산 거 하나라도 있어? 아침에 지영이가 비벼 먹으라고 고추장 주니까 잘도 처먹더라? 그거 우리 돈으로 산 거 몰라? 그러면 '감사합니다' 하고 먹는 게 인간 된 도리 아니야?"

"죄송해요. 안 그럴게요."

또 쫄보가 된 나는 눈물을 뚝뚝 흘렸다. 복싱할 때는 코피가 나도, 턱관절에서 우두둑하는 소리가 나도록 센 주먹을 얻어맞아도 눈물 한 방울 흘린 적이 없던 난데.

영치금 얘기에는 뜨끔했다. 바깥사람들의 생각과 달리 구치소에서도 돈이 많이 든다. 매점에서 먹을 것을 사지 않더라도 그렇다. 치약은 보급품으로도 충분하지만, 샴푸와 칫솔은 사제보다 못해서 스킨, 로션과 함께 따로 사야 한다. 코를 고는 사람이 있으면 귀마개도 필수고, 밝은 곳에서 자는 것에 적응할 때까지는 안대도 필요하다.

그것 말고도 화장실에서 탈취제로 사용하는 섬유유연제를 비롯해 주방세제, 수세미, 고무장갑은 공동으로 구매한다. 나는 영치금이 없어서 수건과 빨래집게, 의류대 같은 것도 언니들이 쓰던 걸 물려받았다. 당연히 부식도 언니들이 산 걸 얻어먹었다. 그걸 콕 집어 얘기하니 설움이 북받쳤다.

"안 그럴게요? 야, 우리는 이미 너 때문에 다 마음에 상처를 입었는데, 인제야 안 그럴게요? 이거 완전히 소시오패스 아니야? 안 되겠다. 야, 엎드려뻗쳐."

무릎을 꿇고 앉아 있던 나는 그녀의 말이 끝나기가 무섭게 몸을 움직여 엎드렸다. 또 무슨 말을 할까 조마조마하며 기다렸는데, 내게 용건이 끝난 것처럼 딴청을 피웠다.

"썅년 언니, 지영이 저년 몇 바퀴[3]나 돌게 될까? 10년은 나오겠지?"

"모르긴 몰라도 할머니 돼서 나갈걸?"

"그러니까. 그런데 집행유예로 뺄 수 있다던데?"

"지랄. 지금 혐의가 몇 갠데? 지가 무슨 검사 마누라라도 된대?"

한가운데에 엎드린 나를 투명 인간 취급하며 네 명이 한가롭게 수다를 떨기 시작했다. 지영 언니의 뒷담화로 시작한 대화는 각자

3. 형량을 의미하는 은어

의 재판에 대해 서로 조언하는 내용으로 이어졌다. 시간이 얼마나 지났을까, 팔이 부르르 떨리기 시작했다.

"어? 이년 봐라. 엉덩이 안 들어?"

지영 언니의 전용석을 대신 차지한 썅년 언니가 특유의 날카로운 고음으로 소리쳤다. 밑으로 내려왔던 엉덩이를 다시 들어 올렸다.

"언니, 얘 골반 좀 봐. 크면 남자애들이 좋아하겠는데?"

"좋아하기는. 하루 데리고 놀기에나 좋을까. 얘 얼굴 좀 봐. 존나 박복하게 생겼잖아. 나이도 어린 애가 그냥 얼굴이 죽상이야. 보기만 해도 우울해. 이런 년들은 남자들이 딱 싫어해. 재수 없잖아. 여자가 눈웃음도 좀 치고, 애교가 있어야지."

촉새 언니가 발로 내 옆구리를 밀었다. 순간 무게 중심을 잃고 옆으로 넘어질 뻔했다. 그랬다가는 또 혼날 것 같아서 악착같이 버텼다.

"맞아. 애교하면 우리 언니지. 그 나이에도 눈웃음이 그냥, 완전히 이효리야. 그러니까 바지 놈들이 여섯이나 사기를 당하지."

"이년이? 그래. 나 정도나 되니까 그렇게 해 먹지! 그리고 내가 밤에 남자들 완전 뿅 가게 만들잖아. 나 아직 안 죽었어, 이년들아!"

썅년 언니가 트워킹이라도 하듯 하체를 아래위로 흔들었다. 그 모습을 보고 다들 손뼉을 치며 까르르 웃었다. 나는 다시 힘이 빠져서 힘들었다. 엉덩이가 자꾸 밑으로 떨어졌다.

얼마나 지났을까, 복도에서 구둣발 소리가 들렸다. 촉새 언니가 빨리 자리에 앉으라고 신호를 주었다. 나는 그제야 몸을 일으켜 자리에 가서 앉을 수 있었다. 이마와 콧잔등에서 땀이 흘렀다. 수의가 온통 땀으로 젖어 축축했다.

—찰캉

교도관이 문을 열었다. 접견을 마치고 돌아온 지영 언니가 문 앞에 멈춰서 방 분위기를 훑어보더니 무표정한 얼굴로 자리에 앉았다.

"언니, 수고하셨어요."

그녀를 험담하던 조금 전과 달리 다들 생글생글 웃으며 인사를 건넸다. 하지만 지영 언니의 표정은 되레 험악해졌다.

"야, 빵 분위기가 왜 이래? 니들 막내 괴롭힌 거야?"

"아, 아니에요. 우리가 왜……."

"아니긴 뭐가 아니야, 이 쌍년들아! 그러면 애가 왜 이렇게 땀을 흘려?"

"더워서 그런가? 아이참, 얘도. 선풍기 바람 좀 쐬라고 했는데도 말을 안 듣네."

촉새 언니가 말도 안 되는 얘기를 늘어놓자 기어이 지영 언니가 폭발했다.

"지금 나랑 장난해? 씨발 년들이. 베개 위치로."

그녀의 말이 떨어지기가 무섭게 여자 넷이 재빠르게 자신의 베개를 들고 그녀 앞에 섰다.

"박아."

지영 언니에게 얼차려를 받는 게 익숙한 듯 네 명이 베개 위에 정수리를 대고 엎드려 뻗쳤다. 등 뒤로 두 손을 올려 열중쉬어까지 했다. 모든 게 착착 이루어졌다.

나는 어쩔 줄 몰라 멍하니 있다가 뒤늦게 베개를 집으러 몸을 움직였다.

"막내, 너는 가만히 있어. 선풍기 앞에서 땀 식혀."

"언니들 아무 짓도 안 했어요. 그냥 제가 더위를 많이 타서……."

"됐어. 입 다물고 앉아 있어."

세상에 태어나서 그렇게 무서운 사람은 처음 봤다. 말끝에 서린 위엄 때문에 무조건 복종할 수밖에 없었다.

선풍기 바람을 혼자 맞는 호사를 누렸지만, 마음은 편치 않았다. 나를 괴롭혔던 사람들이지만, 나 때문에 혹독한 얼차려를 받는 모습을 지켜보니 내가 잘못한 것 같았다. 동시에 나 같은 애를 위해주는 지영이 언니가 너무도 고맙고 든든했다. 이 방에 오기를 잘했다는 생각마저 들었다.

"엉덩이 내려간다. 니들이 완전히 미쳤구나? 쌍년, 너 자세 제대로 안 해? 나이 처먹고 이런 꼴 당하니까 띠꺼워? 앞으로 언니 대접해드릴까?"

"아닙니다!"

"목소리 줄여, 언니. 확 죽여버리기 전에. 잡범들 주제에 어디서 어린 애한테 꼬장 부리고 지랄이야? 내가 얘 건드리지 말라고 했지?"

얼차려는 한참 동안 이어졌다. 구치소에 온 지 이틀째, 수많은 감정이 교차하는 하루였다.

***

지영 언니는 다음 날에도, 그다음 날에도 변호사 접견 때문에 자주 방을 비웠다. 호되게 당했으면서도 네 명의 언니들은 나를 괴롭히는 걸 멈추지 않았다. 지영 언니에게 걸리지 않도록, 몸에 상처가 나거나 땀을 흘리지 않는 선에서, 인간이 인간을 괴롭힐 수 있는 모든 짓을 했다.

일단, 지영 언니가 있건 없건 나는 허리를 곧게 편 채로 있어야 했다. 지영 언니가 없는 동안에는 바닥에 엉덩이를 댈 수 없는 게 추가됐다. 그냥 서 있으면 되니까 그건 어렵지 않았는데, 볼 일이 급해도 화장실에 갈 수 없는 게 더 힘들었다.

최악은 오로지 나를 괴롭히기 위해 만든 이상한 놀이였다.

"너 눈 뜨면 알지? 눈 꼭 감고 있어."

눈을 감게 한 뒤에 넷이 돌아가며 게임을 했다. 자신이 어디를 때릴지 맞히라는 것이었는데, 애초에 맞추는 게 불가능했다.

"이번에는 어디게?"

"……."

"이게 사람 말이 말 같지 않아? 대답 안 해?"

"코, 코요."

딱! 촉새 언니의 손가락이 내 턱 아래를 때렸다. 이들은 손가락을 튕겨 딱밤으로 내 귓불이나 코를 비롯해 정수리나 가슴 등 온몸 구석구석을 때렸다.

"땡! 실패! 턱이였지롱."

견디기 어려울 만큼 통증이 있는 건 아니었다. 예측할 수 없는 곳을 무방비 상태로 공격당한다는 것 자체에 심한 모멸감을 느꼈다. 링 밖에서는 사람을 때려본 적이 없지만, 구치소만 아니었으면 죽을 때까지 두들겨 주고 싶은 충동이 자꾸만 들었다.

지영 언니도 대충 어떤 일이 벌어지는지 눈치로 알고 있는 듯했다.

사흘째 밤, 그녀가 팔을 뻗어 나를 자신이 있는 쪽으로 끌어당겼다. 내 귀에 대고 속삭이듯 말을 걸었다.

"애기야. 저년들이 나 없을 때 너 괴롭히는 거 맞지?"

"아, 아니요."

"진짜 아니야?"

"아니에요."

"쟤네가 힘들게 하면 언제든 말해. 네 털끝 하나 건드리지 못하게 만들 테니까."

말할 때마다 귓속으로 바람이 들어와 간지러웠다. 온종일 시달렸던 걸 생각하니 또 눈물이 났다. 역시 나를 생각해주는 건, 이 감옥에서 나를 지켜줄 수 있는 건 지영 언니밖에 없다. 자꾸 울음이 차올랐다. 소리 내지 않으려고 이를 앙다문 채 조용히 흐느꼈다. 지영 언니가 나를 달래려는 듯 끌어안았다. 그런데, 뭔가 이상했다.

"왜, 왜 이러세요?"

"쉿. 조용히 있어 봐."

그녀의 손이 내 몸을 더듬기 시작했다. 내 수의 안으로 손을 넣어 가슴을 만지더니 아랫도리 안으로도 손이 들어갔다. 그리고 내 손을 잡아 자신의 속옷 안으로 집어넣었다. 고개를 도리도리 흔들며 손을 빼내려고 했지만, 강한 완력 때문에 저항할 수가 없었다.

"가만히 있어. 여기서 뒤지기 싫으면."

그녀가 내 귀에 대고 속삭이더니 귓불을 혀로 핥았다. 이어서 목으로 내려갔다. 뱀이 살갗을 타고 내려가는 느낌이 들었다.

반전

나도 접견이란 걸 시작했다. 소미네 아빠가 붙여준 변호사 아저씨가 이틀에 한 번씩 면회를 오게 된 것이다. 나만 만나러 오는 것은 아니었다. 한번 올 때마다 재소자 몇을 다 만나고 간다고 했다. 시간당 수십만 원을 버는 일이라는 것까지 설명해주었다. 자기가 무료봉사하는 게 아니니 궁금한 건 다 물어보라며 알려준 얘기였다.

그가 다른 어른과 다른 점은 나에게도 꼬박꼬박 존댓말을 한다는 것이었다. 처음 면회할 때는 그를 보자마자 울었다. 하필 영치금을 넣어줬다고 말할 때여서 그가 오해했을지도 모른다. 영치금 때문이 아니었다. 아는 얼굴을 보니 안도감이 느껴져서 눈물이 나왔다. 사람들 앞에서 우는 모습을 보인 적이 없는데, 아니, 엄마 앞에서도 운 적이 거의 없는데, 바보가 된 것 같았다.

변호사 아저씨는 내가 울음을 그칠 때까지 기다려주었다. 일반 접견실과 달리 변호인 접견실에는 아크릴로 된 가림막이 없다. 마이크도, 감시하는 교도관도 없어서 무슨 얘기든 할 수 있었다. 내가 울음을 그치자 그는 내 손을 꼭 잡아주었다. 그리고 커피가 든 종이컵을 전해주었다.

"이거 좀 마셔요. 안에서 많이 힘들죠?"

"네. 정말 힘들어요. 변호사님, 저 여기서 빨리 나가게 좀 해주세요."

"조금 더 참아야 돼요. 재판이 열리려면 아직 한 달은 남았으니까."

"한 달이요? 저는 하루도 견디기 힘든데요."

청천벽력 같은 말이었다.

"얼굴은 왜 그래요?"

"네? 아……."

"혹시 누가 괴롭혀요? 나한테 얘기해요."

"아니에요. 괜찮아요."

나는 차마 말할 수가 없었다. 밤마다 지영 언니가 내게 달라붙고, 그걸 거부하다가 얻어맞고, 그게 서러워서 울면 운다고 얻어맞는다는 걸. 울음소리가 나지 않도록 베개에 얼굴을 파묻은 채 제대로 잠도 자지 못하고 아침을 맞이한다는 걸.

"오늘은 처음이니까. 이 정도로."

"조금 더 있다가 가시면 안 돼요?"

"그럴까요?"

언니들이 있는 방으로 돌아가고 싶지 않았다. 방에서 나오니 모처럼 숨도 제대로 쉴 수 있어서 좋았다. 별 할 말도 없으면서, 나는 그를 붙들어두었다.

며칠 전 나는 의무실에 다녀왔다. 언젠가부터 호흡도 제대로 하기 힘들었다. 방 안에 있는 산소가 모두 빠져나가 버린 느낌이었다. 식사할 때도 힘들었다. 음식이 잘 삼켜지지 않아서였다. 잠이 오지 않아 뒤척이다가 목구멍으로 침을 삼키는 걸 연달아 실패했을 때는 너무 놀랐다. 심장박동이 오른쪽 가슴에서 느껴지기도 했다. 입으로도, 코로도, 숨이 쉬어지지 않았다.

싸움이 나거나 응급 상황 때 누르는 비상벨이 생각났지만, 그랬다가는 팔각모를 쓴 기동순찰팀이 출동한다. 한밤중에 우리 방뿐 아니라 동 전체를 깨우는 소동의 원흉이 될 수는 없었다. 심호흡을 하려고 해도 식은땀이 계속 흘렀고, 땅이 흔들리는 것처럼 어지러웠다. 이러다 죽는 건가 싶은 생각이 들었다. 기어이 비상벨을 눌러야겠다고 마음을 먹은 순간, 정신을 잃었다.

다음 날 아침, 언니들한테 혼날 걸 각오하고 담당 교도관에게 의무실로 보내달라고 부탁했다. 수학 선생님하고 비슷하게 생긴 주임님을 따라 의무실에 갔다. 의무과장은 내 얘기를 다 듣더니 이건 여기서 흔한 증상이라고, 너무 스트레스를 받아서 그런 거라고 대수롭지 않게 얘기했다. 꾀병이라고 여기는 건지, 아니면 진짜 별일이 아닌 건지, 나는 알 수가 없었다.

변호사 아저씨를 붙들어 놓는 것도 한계가 있었다. 그는 바빴다.

"저기, 서아 양. 나 이제는 가봐야겠는데."

"조금만 더 계시면 안 돼요?"

"그러고 싶은데요. 상고심, 그러니까 대법원 재판 앞둔 분 접견을 오늘 꼭 해야 해서요."

"아."

"모레 다시 올게요. 그때는 우리 할 얘기가 많을 거야."

그는 나를 도와주기 위해 이곳에 왔지만, 그렇다고 오롯이 내 편일 리는 없다. 그래도 이 상황에서 내가 의지할 수 있는 유일한 사람이다. 나에 대한 그의 태도를 보면 적어도 아직은, 신뢰할 수 있는 사람이다. 아니, 내 하나뿐인 희망이다. 그를 통해서가 아니면 소미가 저지른 일로 시작된 이 사건이 어떻게 돌아가는지 알 방법이 없다.

투명한 칸막이로만 분리되어 있어 옆 접견실에서 무얼 하고 있는지도 훤히 볼 수 있었다. 백발의 할머니가 비슷한 나이로 보이는 변호사와 부둥켜안고 울고 있는 모습이 보았다. 대체 무슨 사연이 있기에 저럴까?

이곳에는 정말 억울한 사람들도 있을 것이다. 유전무죄, 무전유죄라는 말도 있으니까. 하지만 내가 있는 방에는 나쁜 사람만 있다.

***

"다녀오겠습니다."

혼거실에서 나가며 꾸벅 인사를 했지만, 언니들은 거들떠보지도 않았다. 땅꾼 언니가 몰래 한 손을 들어 보이며 '잘하고 와'라며 입술을 움직였다.

일주일이 넘게 구치소에 있다가 드디어 출정이란 것을 나가게 됐다. 출정이라는 단어를 들었을 때 이순신 장군이 수군을 이끄는 비장한 모습이 떠올랐는데, 구치소에서는 검찰에 출석하는 것을 의미한다.

방에서 나와 교도관과 함께 출정 준비실로 이동했다. 수의를 벗고 사복으로 갈아입었다. 몸수색을 받고 금속탐지기를 통과하는 것까지는 별다른 느낌이 들지 않았는데, 호송차에 오르기 전 손에 수갑을 채울 때는 하늘이 무너지는 기분이었다. 거기에 포승줄로 두 팔과 몸을 단단히 묶어버린 뒤 옆에 있는 다른 사람과 함께 엮었다. 사극에서 보던 대역죄인이 따로 없었다.

버스는 한 시간이 넘게 달렸다. 익숙한 풍경이 펼쳐진다 싶더니 검찰청사에 버스가 멈췄다. 다행히 외부인이 볼 수 없는 곳에서 내렸다. 검사에게 조사를 받을 때까지 대기하는 곳인 구치감에 들어갔다. 거기서는 드디어 옆 사람과 묶였던 줄을 풀어주었다. 그것만 해도 다행이라는 생각이 들었다.

얼마 기다리지 않아 검사실로 이동했다. 구치감에서 나와 끝이 없을 것 같은 기다란 복도를 지났다. 변호사 아저씨가 해준 얘기를 떠올리려고 했지만, 한 걸음 한 걸음 걸을 때마다 정신이 아득해졌다. 검사실에 들어가니 정말 검사처럼 생긴 검사, 수사관처럼 생긴 수사관이 기다리고 있었다. 고양이 앞에 선 쥐가 왜 얼어붙는지 알 것 같았다.

내가 검사실에서 무슨 말을 듣고 무슨 말을 했는지 기억이 나지 않는다. 아니, 그 당시 나는 거의 아무 말이나 하는 수준이었다. 자꾸 몸이 땅으로 가라앉는 느낌이 들었고 호흡이 가빠서 앉아 있는 것도 힘들었다. 조사하는 동안 풀었던 수갑과 포승줄을 도로 찬 뒤 구치감으로 돌아오니 뭔가 끝마쳤다는 홀가분함보다 불안감이 몰려왔다.

다시 호송차를 타고 구치소로 돌아왔다. 지긋지긋한 방에 다시 들어갈 생각을 하니 끔찍했다. 다행히 지영 언니는 접견 때문에 자리를 비웠다. 언니들이 나를 보는 표정이 바뀌었다.

"잘하고 왔어?"

썅년 언니가 내게 친근한 목소리로 말을 걸었다. 아마도 내가 출정 다녀오는 동안 땅끈 언니가 내게 호의적인 여론을 조성했나 보다. 그건 꽤 놀라운 일이었는데, 말하자면 조금 길다.

'땅끈'이라는 별명이 붙었지만, 언니는 뱀과는 거리가 먼 사람이다. 채소 이름이 들어간 중고거래 앱으로 사기를 치다 걸려서 재판을 받고 있다. 이미 징역과 벌금형을 선고받은 동종 전과가 있어서 이번에는 최소 2년을 생각하고 있다. 당근과 사기꾼을 더한 '당기꾼'이 별명이었는데, 그것도 길다고 '당꾼'으로 줄였다가 어감이 더 좋다는 이유로 '땅꾼'이 되었다. 다른 방 사람들은 그녀가 밀렵으로 들어온 줄 인다.

땅꾼 언니가 사기를 시작한 건 변태적 성향을 지닌 남자들에게 자기가 입던 속옷을 팔면서부터였다. 그게 돈이 된다는 걸 알고는 중년 주부들을 모으고 촬영과 편집을 담당하는 알바까지 두며 사업을 키웠다. 속옷, 양말, 스타킹, 교복, 체육복, 레깅스, 심지어 생리용품까지, 여자들이 착용하고 체액이 묻은 중고 제품이 새 상품보다 한참 비싼 가격으로 불티나게 팔렸다. 그렇게 중고마켓을 휩쓸다가 발각돼서 벌금형을 선고받았다.

두 번째는 조금 더 위험한 방법을 사용했다. 수십 대의 대포폰을 사용해 있지도 않은 상품을 올린 뒤 대금을 대포통장으로 받는 것이었다. 이 건으로 교도소에 들어가 1년 2개월을 살았다. 인생 학교라는 교도소에서 그녀는 정보 비대칭을 활용한 세 번째 사기 수법을 배웠다.

세 번째 사기에서는 아예 물건을 올리지도 않았다. 대신 누군가 물건을 올리면 사겠다고 접근해 계좌번호를 알아냈다. 그리고 그 물건을 사겠다는 다른 사람을 물색해 판매자의 계좌번호를 알려주었다. 입금되자 판매자는 물건을 그녀에게 발송했고, 물건을 사겠다고 입금한 사람은 아무것도 받지 못하자 판매자를 사기꾼으로 몰았다. 자기들끼리 싸우게 만들고 그녀가 챙긴 돈은 10억이 넘었다.

감옥에는 배려가 없다. 땅꾼 언니는 첨단 사기 행각을 벌인 범죄자라는 명색과 어울리지 않게 모든 게 보통 사람보다 둔했다. 몸치인데다가 웃는 것도 한 박자 느리다. 성격 급한 지영 언니는 그 꼴을 두고 보지 못하는 편이었다.

구치소에서는 하루 30분 동안 운동할 수 있는 시간을 준다. 접견을 빼고는 밖에 나갈 유일한 기회다. 줄넘기나 훌라후프를 하는 사람도 있지만, 점심을 먹고 난 이후의 여고 운동장 모습처럼 친한 사람들끼리 줄을 지어 걷는 게 대부분이다.

"야, 꼴찌는 못 먹는 거야. 알지? 시, 시, 시작!"

운동시간이 되면 우리 방은 지영 언니의 신호를 시작으로 경보를 한다. 운동장을 열 번 왕복하는 건데 경보 규칙을 그대로 적용한다. 두 발이 동시에 떨어지면 안 된다는 것인데, 둔한 땅꾼 언니에게는 불가능한 일이다. 초반에만 그럴듯하게 걷다가 우리와 거리가 멀어지면 서두르기 시작한다. 어느 순간부터 자기도 모르게 달리게 되고, 그러면 반칙으로 꼴찌가 된다.

땅꾼 언니는 내가 본 그 어떤 사람보다 식탐이 강하다. 구치소에는 매점에서 판매하는 물품이 적힌 종이가 방마다 붙어 있다. 그걸 보고 OMR 카드에 구매 물품을 적으면 교도관이 사다 준다. 위생용품과 옷뿐 아니라 문구류와 식품까지 있다. 가장 인기가 많은 건 빵과 과일, 커피다.

빵에 대한 땅꾼 언니의 집착은 놀라워서, 지영 언니에게 머리채를 잡히고 얻어맞아 울면서도 단팥빵 하나를 기어이 삼킨 적까지 있다. 그런 그녀에게 빵을 걸고 하는 경보 시합은 결코 양보할 수 없는 것인데, 문제는 꼴찌를 할 수밖에 없는 몸을 가졌다는 것이다.

"땅꾼! 너 이년, 두 발 다 떨어졌어. 꼴찌! 들어가면 아몬드 케이크는 쳐다도 보지 마."

이제는 꼴찌가 익숙해질 만도 한데, 땅꾼 언니는 운동을 마치고 들어갈 때마다 눈에 눈물이 맺혔다. 빵은 달마다 종류가 바뀌는데 크림이 들어간 게 인기다. 지영 언니와 썅년 언니는 팥이 들어간 빵은 안 먹는데, 땅꾼 언니는 어떤 빵이건 가리지 않는다.

시합이 끝나고 의자에 앉아 땀을 식히며 획득한 빵을 먹고 있었는데, 땅꾼 언니가 남몰래 내게 다가와 말을 걸었다.

"야, 너는 한 번 져주는 법도 없냐?"

"제가 왜요?"

"내가 불쌍하지도 않아?"

어이가 없었다. 지영 언니에게 저항하다 완전히 찍힌 후로 나는 그녀 옆자리에서 화장실 바로 앞으로 밀려났다. 온종일 냄새와 시달려야 했는데, 그것도 모자라 방에서 투명 인간 신세가 됐다. 아무도 내게 말을 걸지 않았다. 식사 시간에도, TV를 볼 때도 철저히 나를 따돌렸다.

괴롭힘보다는 아예 없는 사람 취급받는 게 나았지만, 그렇다고 내가 남을 불쌍하게 생각할 처지는 아니었다. 그런 내가 유일하게 한 사람 몫을 하는 게 경보 시합이었다. 막내한테마저 밀리는 상황이 연출되어야 땅꾼 언니가 더 약이 오를 것이라는 게 지영 언니 생각이었을 것이다.

"언니가 뭐가 불쌍해요? 저는 이 방에서 아예 사람대접도 못 받잖아요."

"야, 이년아. 너는 빵 먹잖아."

"언니는 빵만 못 먹고 다른 거는 다 먹잖아요. 나는 빵밖에 못 먹고요."

"그러면 이거 어때?"

그날부터 우리는 일대일 물물교환을 시작했다. 내가 받은 빵과 지영 언니가 가진 과일을 다른 언니들 몰래 바꾸는 것이었다. 둘 사이의 거래는 모두 잠든 것을 확인한 이후에 이루어졌는데, 소리와 냄새를 감추기 위해 함께 이불을 뒤집어쓰고 음식을 먹는 기행이 참 재미있었다. 그러면서 땅꾼 언니와 조금씩 친해지게 됐다.

중학교 시절 교실이나 구치소 혼거실이나, 좁은 세상인 건 마찬가지다. 그 안에서 벌어지는 알량한 권력 투쟁도 유치하기 짝이 없다는 점에서 비슷하다.

지영 언니는 중학교 때 일진과 같은 역할이었다. 그녀가 있을 때는 다들 죽는시늉이라도 하면서 충성을 바쳤지만, 자리를 비우면 욕하기 바빴다. 힘을 합쳐 응징하는 방법이 있지만 시도할 엄두조차 내지 못한다는 점도 같았다.

땅꾼 언니를 통해 지영 언니가 나를 괴롭히라고 지시했다는 것도 알게 됐다. 눈을 감게 하고 어디를 때릴지 맞히는 게임도 그녀가 개발한 것이었다. 자기를 뺀 넷에게 철저한 악역을 맡게 한 뒤 나중에 나를 위로하며 마음을 사려 했단다.

지영 언니가 없던 오후, 언니들은 자기들도 그동안 심하게 당했다며 피해자 코스프레를 했다.

"미안해. 넌 진짜 독한 년이야. 그렇게 괴롭혀도 끝까지 버텼잖아. 너 오기 전까지는 내가 막내였잖아. 밤마다 어찌나 괴롭히던지……. 그년을 확 죽여버릴까 하는 생각을 얼마나 했는지 몰라."

촉새 언니가 그동안 미안했다며 내 손을 잡고 울먹였다. 하지만 나는 진심이 담긴 것이라고 생각하지 않았다.

구치소 안에서 사고를 치면 당연히 징계를 받는다. 독방보다 더 수위가 센 징계는 징벌방에 가는 것이다. 세상에 이런 사람도 있나 싶은 이들만 모아둔 곳이기 때문이다. 면회도 금지된다. 그다음은 다른 혼거실로 옮기는 '전방'이다. 있던 방에서 '짬'을 먹었던 게 초기화되는 데다, 이미 친해진 새로운 무리 안으로 짐을 싸 들어가야 하기에 두려운 일이다.

기동순찰팀이 출동할 정도의 사고, 즉 폭력 사건이 발생하면 방이 깨진다. 사고가 난 방에 있던 모두가 전방 조치를 받는 것이다.

나는 언니들의 괴롭힘이 이어지면 방을 깰 각오를 하고 있었다. 네 명의 언니들은 지영 언니에게 당한 얘기를 하며 치가 떨린다고 했지만, 그동안 방을 깰 용기까지는 내지 못했던 것이다. 다른 방에는 또 다른 지영 언니가 있을 거라 생각해서였을까?

“나도 미안. 이제 앉을 때 허리 펴지 않아도 돼. 그거 다 지영이 그년이 시킨 거야. 우리는 너 괴롭힐 생각 없었어.”

“언니도 미안하다. 이 나이에 너처럼 새파란 애한테 몹쓸 짓을 했어.”

땅꾼 언니와 썅년 언니도 내게 사과했다. 하지만 나는 땅꾼, 촉새, 썅년, 그리고 머리를 짧게 깎은 땡추 언니까지, 누구도 믿지 않았다. 원래 그랬던 사람이었는지, 아니면 구치소라는 장소가 특수해서 그런 건지는 몰라도, 이 안에서 만난 사람들을 신뢰해서는 안 된다는 걸 깨달았기 때문이었다.

구치소 안에 있는 미결수들은 희망과 절망 사이를 수시로 오간다. 무죄로 풀려날 수 있다는 희망과 더 열악한 시설의 교도소로 끌려갈 수 있다는 절망 가운데에서 갈팡질팡하는 이들에게 타자에 대한 배려와 관심 같은 걸 기대할 수는 없는 노릇이다. 모두가 이기적이고 뻔뻔하다. 염치없는 사람 곁에 있다 보면, 없는 것이 염치만은 아니라는 걸 알게 된다.

방장이 시켜서 억지로 했다고 하더라도, 나에게 던진 말이 마음에 전혀 없던 말이라고는 하지 못할 것이다. 뱉은 말을 주워 담을 수 없듯 내게 했던 손찌검도 되돌릴 수 없다. 하지만 나는 서운함을 표현하지도, 가라앉지 않은 분노를 나타내지도 않았다. 다만 그들처럼 치사하게 살지는 말자고 다짐했다. 지영 언니가 없을 때마다 그녀 욕을 하는 대화에 나는 끼어들지 않았다.

"어, 이년들 보게. 분위기 좋네?"

접견을 마친 지영 언니가 돌아왔다. 그때까지 그녀를 두고 죽일 년 살릴 년 하던 언니들이 만면에 미소를 머금고 반갑게 맞았다.

"언니, 그 변호사 이번에는 어떤 향수 뿌렸어요?"

"말도 마. 그 새끼 유부남이라더라. 어쩐지 나를 보고도 안 꼴리는 것 같더니만."

지영 언니의 변호사 얘기를 두고 한동안 수다가 이어졌다. 나는 조용히 TV에 시선을 둔 채 거들떠보지도 않았다.

빨리 재판이 오기만을 기다렸다. 구치소라는 곳이 지겨웠다. 어느 것도 결정되지 않는 불확실성 속에 마냥 기다려야 하는 건 고문이었다.

***

다음날 오후에 구속기간이 열흘 연장되었다는 문서를 받았다. 이틀 뒤에는 또 검찰 조사를 받고 왔다. 바깥 구경을 할 수 있는 건 좋았지만 수갑을 차고 포승줄에 묶이는 건 견디기 힘든 치욕이었다. 수갑을 찰 때의 차가운 촉감, 손을 움직일 때마다 조여드는 통증도 싫었다.

검사실에서는 별 얘기가 없었다. 전에 진술했던 내용을 정리하는 수준이었다. 그중에 고칠 부분이 있냐는 질문에 고개를 가로저었다. 소미네 아빠와 변호사가 일러준 내용대로 진술했으니 헷갈릴 것도, 고칠 것도 없었다. 그러자 지문을 찍으라고 해서 찍고 나왔다. 언니들 말에 의하면 지문을 찍으면 조사도 끝난 거란다.

그동안 변호사 아저씨도 이틀마다 찾아왔다. 찾아올 때마다 영치금도 넣어주었다. 접견을 마치고 복도를 걸을 때마다 어디선가 새어 들어온 담배 냄새를 맡게 된다. 접견실 근처에 흡연 공간이 있는 것 같았다. 담배를 피워 본 적이 없음에도, 그 냄새를 맡을 때면 바깥세상과 연결된 것 같은 느낌이 들어서 기분이 좋았다.

며칠 뒤 공소장이 날아왔다. 나를 조사했던 검사가 법원에 제출하는 서류란다. 피고인인 왕서아는 몇 살이고 어디에 사는 누구인데, 몇 월 며칠에 누구를 폭행했고, 피해자가 끝내 사망에 이르게 하였다는 내용이었다.

"며칠 동안 얼굴이 좀 나아진 것 같네요."

"정말요? 검찰청 끌려다닌 거 말고는 별일이 없었는데."

"전에도 말했지만, 건강관리 잘해야 해요. 마음 관리도."

"아, 맞다. 요즘에는 잠을 좀 잘 잤어요."

"다행이네요. 민감한 사람들은 며칠 동안 못 자서 실려 가기도

해요."

화장실 앞으로 자리를 옮긴 후부터 지영 언니가 밤에 건드리지 않으니 잠을 잘 수 있어서 좋았다.

"이거 이상한데요. 이럴 건이 아닌데……. 검사가 왜 이렇게 나오지? 이거 이대로 인정했다간 큰일이지. 의견서를 꼭 내야 해요. 내가 내용을 정리해서 가져올게요."

공소장을 읽어 내려가던 아저씨의 표정이 굳었다. 그곳에 적힌 단어 하나하나에 내 운명이 달렸다고 했다. 하지만 나는 폭행치사와 살인이 뭐가 다른지 알 수가 없었다. 살인의 의도가 있는지 없는지의 차이가 있다는데, 그건 범인만 알 수 있는 거 아닌가?

***

촉새 언니는 구치소에 오기 전에 이미 재판을 받은 적이 있다. TV로 보던 것과는 전혀 딴판이라고 했다. 잠을 설쳤는지 피곤해 보이는 판사가 대충 진행한다는 얘기를 듣긴 했지만, 설마 재판이란 게 그럴까 싶었단다. 뭔가 어수선한 분위기에서 별안간 재판이 시작됐고, 이게 뭔가 싶을 때 끝났단다.

내 세 번째 출정은 1심 재판 참석을 위한 것이었다. '개정 중'이라는 불이 들어온 법정에 들어갔다. 피고인과 변호인석은 오른쪽, 검사는 왼쪽 자리였다. 무거운 분위기였다. 숨이 잘 쉬어지지 않았다.

촉새 언니가 말한 재판과 내가 받게 되는 재판의 분위기가 다르다는 건 분명했다.

안내방송이 흘러나왔다. 재판관이 들어오면 자리에서 일어나야 하고, 질서를 유지하라는 내용, 재판 과정을 촬영하거나 녹음하면 처벌을 받는다는 내용이 반복됐다.

"모두 일어서십시오."

법원 직원의 말이 끝나자 세 명의 판사가 법정에 들어섰다.

재판장이 사건번호와 함께 내 이름을 불렀다. 변호사 아저씨와 함께 자리에서 일어났다. 이어서 묵비권이 있다는 걸 알려주더니 내 이름과 생년월일, 주소 같은 개인정보를 확인했다. 맞다고 하자 자리에 앉으라고 했다.

이어서 맞은 편에 앉은 검사 차례였다. 판사가 '모두 진술'을 하라고 해서 '모두 진술하라'는 얘기인 줄 알았는데, 요점을 말하라는 것이었다. 검사는 공소장에 적힌 내용을 읽었다. 방청석이 웅성거렸다. 세희 언니네 가족들이 온 것 같았다.

재판장이 피고인 모두 진술을 하라고 했다. 변호사 아저씨가 공소사실에 대한 의견을 말했다. 그는 내가—실제로는 소미가—세희 언니를 수차례 가격해 상해를 입힌 사실과 그로 인해 결과적으로 사망하게 된 부분은 인정하나, 살인의 의도가 없었다고 얘기했다. 그 증거로 현장 CCTV를 틀겠다고 하자 재판장이 허락했다.

법원 직원이 CCTV 동영상을 틀자 벽에 있는 스크린에 소미가 세희 언니를 때리는 장면이 나왔다. "아이고", "에라이" 방청석이 웅성거리자 재판장이 조용히 하라고 경고했다. 변호사 아저씨는 화면으로 본 것처럼 사람을 죽일 정도의 폭행이 아니었고, 흉기를 준비하지 않았고, 공격한 부위가 얼굴과 몸통이며, 반복해서 가격하지 않았고, 상대가 몸을 가누고 있는 걸 본 상태에서 현장을 벗어난 점을 증거로 들었다.

"피고인. 변호인 말이 맞습니까?"

재판장이 나를 쳐다보며 물었다. 그의 눈동자에서는 어떠한 감정도 읽을 수 없었다. 게다가 오늘 아침에 화장실에 다녀왔냐고 묻는 것처럼, 지극히 일상적이고 평범한 걸 묻는 듯한, 무미건조한 어조와 말투였다.

"네. 맞아요."

내가 대답하자 재판장은 증거조사를 하겠다고 했다. 검사가 증거목록을 제출하겠다며 서류를 재판장과 변호사 아저씨에게 주었다. 재판장이 의견을 물으니 변호사 아저씨는 동의한다고 대답했다.

"왕서아 피고인, 복싱을 배운 적이 있습니까?"

재판장의 질문은 모두 대답하기 쉬운 것들이었다.

"네."

"피고인은 아마추어 복싱 한국 챔피언이 된 경력이 있습니까?"

"네."

"복싱선수가 휘두르는 주먹이 일반인에게는 치명적일 수 있다는 점을 알고 있습니까?"

"……."

마지막 질문에는 곧바로 대답할 수 없었다. '아차'하는 생각이 들었다. 나는 소미를 대신해서 재판받는 것이 아니었다. 이 재판은 나, 복싱선수 왕서아가 스물한 살 여대생을 폭행한, 그래서 사망에 이르게 만든 사건을 두고 공방을 벌이는 것이라는 걸 나만 깜빡했다.

그때부터는 재판이 어떻게 흘러갔는지 정신을 차릴 수 없었다. 사건 당일에 세희 언니와 함께 술을 마셨던 친구들이 증인으로 나왔다. 술을 마시기는 했지만, 술자리를 파하고 헤어질 때도 만취한 정도는 아니었다는 내용이었다. 증언하다가 핏발이 선 눈으로 나를 바라보기도 했다. 눈에 서린 분노와 원망을 보았다. 진짜 내가 사람을 죽인 것 같은, 두려운 마음이 들었다.

정신이 들 때쯤에는 재판이 끝을 향해 달려가고 있었다.

"검사 측, 의견 진술하세요."

재판장의 말에 검사가 매서운 눈을 우리 쪽으로 향한 채 자리에서 일어났다.

"…… 결론으로 피고인에 대한 구형 의견입니다. 반드시 살해하려는 목적이나 계획이 있어야 살인죄가 인정되는 것이 아니고, 자신이 한 일이 타인의 사망이라는 결과를 만들 가능성이 있음을 알고 있다면, 미필적 고의로 인한 살인죄로 충분하다는 판례가 있습니다. 피고인은 한 젊은이의 소중한 생명을, 가족들의 꿈과 희망을 송두리째 빼앗아 갔습니다. 피고인은 십 대 고등학생이지만, 자신이 저지른 일이 얼마나 큰 범죄인지 충분히 알고 있습니다. 엄중한 처벌이 필요합니다만, 범행을 인정하고 있고, 만 열여섯 소년인 점을 고려했습니다. 이에 검찰의 의견을 말씀드립니다. 피고인을 징역 10년에 처하여 주시기 바랍니다."

쿵. 심장이 내려앉았다.

"피고 측 변호인, 변론하세요."

나는 아무 생각도 들지 않고 손이 벌벌 떨렸는데, 변호인 아저씨는 대수롭지 않다는 평온한 표정으로 변론을 했다.

"피고인, 최종의견 진술하세요."

"죄송합니다. 피해자 가족분들께 사과드립니다."

내가 무슨 일을 저지른 것이란 말인가. 세상이 무너졌다. 하염없이 눈물이 흘렀다. 방청석에서 욕설이 나와 재판장이 정숙하라고 다시 한번 경고했다. 잠시 뒤 재판장이 선고기일을 알려주면서 재판이 모두 끝났다.

구치소로 돌아왔다. 밥 먹을 생각도, 잠잘 생각도 들지 않았다. 멍하니 벽만 쳐다봤다. 소미네 아빠는 합의금과 벌금 정도로 끝날 거라고 했다. 일이 안 좋게 되어 유치장에 가더라도 30일 안에 나온다고 했다. 엄마를 살리기 위해서 그 정도는 할 수 있다.

땅꾼 언니만큼 심각하지는 않지만, 나는 어릴 때부터 대답하는 게 늦었다. 그래서 왜 그렇게 버벅거리느냐는, 바보 아니냐는 소리를 가끔 들었다. 나를 바보라고 놀리는 친구 때문에 울다가 들어오면 엄마가 나를 달래주었다.

"우리 딸이 바보라니! 그렇게 말한 놈이 정말 바보다. 우리 서아는 남들보다 생각이 깊어. 그래서 한 번 더 생각하고 대답하니까 느려 보이는 거다. 시간이 지나면 사람들이 다 알게 될 거야. 내가 낳은 딸이잖아. 엄마는 알아. 우리 서아는 누구보다 지혜롭고 똑똑한 사람이야."

엄마가 틀렸다. 나는 바보가 맞았다. 살인죄로 징역 10년을 사는 범죄자가 되게 생겼다. 검사가 구형한 것과 판사의 판결이 다르다는 것은 익히 알고 있었다. 징역 10년 구형을 받고도 집행유예 혹은 무죄로도 풀려날 수 있다. 하지만 내가 느끼기에도 재판정 분위기는 싸늘했다.

당했다. 엄마는 내가 여름방학 동안 할배와 지리산 자락에 가서 전지훈련을 하는 줄 안다. 딸이 살인범이고, 감옥에 있다는 소식을 들으면 엄마 기분이 어떨까? 10년이 지나면 내 나이 스물일곱이다. 그때까지 엄마가 살아 있을까?

바보라서 당했다. 내가 할 수 있는 일은 아무것도 없다.

***

재판이 끝난 다음 날 변호사 아저씨가 또 찾아왔다. 접견실에서 나는 그에게 아무 말도 하지 않았다. 지나고 나서야 생각한 거지만, 재판 때 그가 제대로 변호한 건지도 모르겠다. 소미 같은 애가 몇 대 때려서 사람을 죽일 수 있을까? 아니, 만약 변호할 사람이 내가 아니라 소미였다고 해도 그렇게 소극적으로 재판을 준비했을까?

내가 아무 말을 하지 않자 변호사 아저씨도 조용히 내 표정만 살폈다. 내가 신뢰할 수 있는 사람은 이제 세상에 아무도 없다. 지금까지는 그의 얼굴만 봐도 안도가 됐다. 이제는 지영 언니를 볼 때 느끼는 감정과 비슷하다.

“서아 양. 표정이 안 좋네요.”

“이게 어떻게 된 거죠? 감옥에서 10년을 썩으라고요?”

“아직 판결이 나온 게 아니잖아요. 기다려봐요.”

“우리 엄마는요? 수술은 어떻게 됐어요?”

내 말에 변호사 아저씨는 어안이 벙벙한 표정이 되었다.

“그게 무슨 말이에요? 수술이라니?”

아저씨가 전혀 모른다는 표정을 짓자 나 역시 당황할 수밖에 없었다. 아차, 엄마 수술 얘기는 소미네 아빠와 나, 둘만의 비밀이었다. 아니, 뭐 어때? 여기까지 왔는데. 상황이 완전히 틀어졌는데.

“아저씨는 대체 어디까지 아시는 거예요? 소미네 아빠하고는 무슨 관계고요?"

"의뢰인과 변호인 관계지요. 어머님 얘기를 해봐요."

"먼저 대답해주세요. 어디까지 아시냐고요."

"휴우……. 내가 아는 건 딱 하나. 변호 대상이 바뀌었다는 거죠."

그의 표정이 불안해 보였다. 법정에서도 보이지 않던 모습이었다. 그 이유는 알 수 없지만. 아무튼 나는 썩은 동아줄이라도 붙잡아야 할 상황이었다. 그에게 소미네 아빠와의 비밀 거래 내용을 알려주었다.

"너도…… 그 사람하고 거래를 했니?"

변호사 아저씨는 커피잔을 잡고 있던 손을 부르르 떨고 있었다. 그가 나에게 반말을 한 것은 그게 처음이었다. 그리고 시작이었다.

***

보름 뒤 판결선고가 나왔다. 법원에서는 단 한 줄의 문장으로 내 운명을 결정했다.

"피고인을 징역 단기 5년, 장기 9년에 처한다."

교도소에서 최소 5년, 길게는 9년까지 징역살이를 한다는 내용이었다. 판결문을 본 이후로는 언니들이 나에게 말을 걸지 못했다. 지영 언니조차도. 온종일 멍하니 있다가 때가 되면 밥을 먹고 때가 되면 잤다.

마음의 준비를 했지만, 판결선고를 받고 나니 정신이 아득했다. 모든 걸 내려놓고 싶었다. 그냥 나는 이런 곳에서, 이런 사람들과, 이렇게 생활하는 게 어울리는 사람인가 하는 생각마저 들었다. 그새 구치소 생활이 익숙해져서 편하게 느껴지기도 했다.

변호사 아저씨는 전과 다름없이 부지런히 구치소 접견실을 들락거렸다. 구치소에 와서 사람들 얘기만 들어주어도 시간당 수십만 원을 번다니, 역시 공부를 잘하면 돈 버는 법도 다양하다는 생각이 들었다.

아저씨는 항소하자고 나를 설득했다. 항소는 1심에서 판사가 내린 판결을 받아들일 수 없다며 2심 재판을 요구하는 것이다. 판결선고된 날부터 민사재판은 이주, 형사재판은 일주일 내에 신청할 수 있다. 검사가 제기한 공소사실을 내가 전부 인정했으니, 항소하겠다는 이유에는 1심 재판과는 다른 내용이 들어가야 했다.

"왜 그렇게 열심이세요?"

"모든 걸 돌려놓을 수는 없어. 너도, 나도. 하지만 할 수 있는 데까지 해보자."

"아니요. 아저씨가 왜 바뀌었는지가 궁금해요."

"몰랐어. 이번 건이 그 정도인 줄은 몰랐어."

아저씨가 자신에 관한 얘기를 들려준 적은 처음이었다. 그 역시 소미네 아빠와 거래를 한 적이 있다는 내용이었다. 그에게는 내 또

래의 아들이 있는데, 간 이식 수술을 받은 적이 있단다. 병원장이었던 소미네 아빠를 알게 된 것도 그때부터였다고 했다.

"나는 네가 돈 때문에 철없는 짓을 한 줄 알았어."

"돈도 받기로 했어요."

"어머니 때문이었잖아."

"그래서, 이제는 제 편이 되어주기라도 하겠다는 건가요?"

내 말에 그는 한숨을 길게 쉬었다.

"소미네 아버지는 내 가장 큰 고객이야. 아는 사람이 워낙 많은 데다가, 그 병원에서 발생하는 의료소송도 내가 전담하거든. 어른들은 말이야, 신념만 가지고 살 수가 없어. 먹고 살기 위해 어쩔 수 없이 하는 일이 더 많아."

"어른이라고 다 그런 건 아닌 거 같은데요."

"그래. 네 말이 맞아."

변호사 아저씨는 아내의 얘기도 들려주었다. 부인이 의사란다.

몇 년 전, 그녀의 병원에 숨을 쉴 수 없다고 호소하는 환자가 찾아왔다. 환자의 목에 플라스틱 튜브를 집어넣는 시도를 여러 차례 했지만 모두 실패로 끝났다. 급하게 목에 있는 연골 사이를 칼로 잘라 튜브를 넣는 수술을 시도했다. 수술 중에 환자가 사망했다. 알고 보니 목에 부종이 있어서 치료받던 사람이었다.

법원에서는 진료기록을 제대로 확인하지 않아 사망에 이르게 한 의료사고라고 판단했다. 변호사 아저씨의 부인을 포함한 두 명의 의사에게 실형을 선고했다. 의료사고에서 환자 쪽이 승소하는 일이 극히 드문데도 그랬다. 의사 출신 변호사가 맡아도 항소심에서 이길 가능성이 없었다. 설상가상 구치소에 갇힌 아내가 죄책감에 시달려 자살까지 하려고 했다는 소식을 들었다.

하늘이 노래진 변호사 아저씨는 소미네 아빠를 찾아가 자기 좀 도와달라고 부탁했다. 소미네 아빠는 "깔끔하게 처리할 테니 너무 걱정하지 말라"고 했단다. 그의 말은 허풍이 아니었다. 의사에게 법조문이 낯선 만큼 법관들에게도 의료 사건을 정확히 판단하는 건 힘든 일이다. 그래서 법원이 병원을 지정해 진료기록과 신체 감정을 맡긴다고 한다.

항소심을 신청했고, 소미네 아빠는 협회와 학회에 뻗은 인맥을 활용했다. 해당 분야의 국내 최고 전문가들을 소집해 문구 하나까지 신경을 써 주었다. 그 결과, 변호사 아저씨의 부인은 항소심에서 무죄를 받고 구치소에서 곧바로 나왔다. 그해 의료사고 재판 항소심에서 원심을 깨고 유죄에서 무죄로 바뀐 단 두 건 중 하나였단다.

"고맙다는 인사를 하러 찾아갔다가 크게 혼났어."

"왜요?"

"유가족들에게 위로금을 줬다는 게 이유였지."

"아니, 그게 왜요?"

"글쎄다. 뭐라고 말해야 하지? 나도 처음에는 너처럼 이해가 안 갔는데……."

그는 말을 잇지 않고 고개를 들어 멍하니 벽을 쳐다보았다. 내가 자주 하는 짓이었다. 남을 통해 내 모습을 보니 기분이 묘했다.

"위로금을 준 게 깔끔하지 않았나 보군요."

"뭐라고?"

"소미네 아빠요, 깔끔한 거 좋아하시잖아요."

내 말에 변호사 아저씨는 씁쓸한 웃음을 지었다.

"혹시 이 일에 아저씨도 모르는 게 뭔가가 있지 않을까요?"

"응? 그게 무슨 말이니?"

"저 같은 어린애 하나에 말 잘 듣는 변호사, 단둘로 깔끔하게 끝날 수 있을 거라고 생각하지 않았다면요?

"예를 들면?"

말문이 막혔다. 그냥 머릿속에 떠오르는 생각을 말했을 뿐이었으니까.

잠시 침묵하며 생각했다. 변호사 아저씨는 그 시간을 가만히 기다려주었다.

"좀 이상하다는 생각이 들었어요. 드라마에서 보면 이런 사건이 있을 때 부검을 하지 않나요?"

"사망진단서가 나오면 검시나 검안을 할 필요가 없거든. 아니지, 잠깐. 119에 실려 갈 때는 살아 있었어. 병원에서 사망했잖아. 그렇다는 얘기는……?"

"쉽게 설명해줄래요?"

"네 말이 맞는 거 같아. 내가 모르는 뭔가가 있어."

그는 서둘러 접견을 마쳤다. 내 운명이 바뀔만한 단서를 찾은 것일까? 하지만 기대는 하지 않기로 했다. 얼마 살지는 않았지만, 기대가 크면 실망이 크다는 것을 나는 알고 있다.

접견을 마치고 들어가니 마침 저녁 시간이었다. 돼지고기 김치찌개에 후식으로 딸기 맛 요구르트까지 나왔다. 썅년 언니가 내 국그릇에 고기 건더기를 많이 덜어줘서 행복했다.

***

이틀마다 오던 변호사 아저씨가 접견을 건너뛰었다. 무슨 일이 생긴 건지 궁금했다. 접견실에서 나흘 만에 만난 아저씨는 얼굴이 핼쑥했다. 그럼에도 표정은 밝아 보였다.

"아저씨, 좋은 일 있어요?"

"놀랄 일이 생겼어."

"뭔데요? 아저씨 머리가 더 빠진 거?"

"그것도 놀랄 일이긴 하지만. 들어봐."

며칠 전까지만 해도 항소이유서에 쓸 내용을 두고 고민하던 변호사 아저씨가 들려준 내용은 충격적이었다.

그는 뭔가 이상하다는 생각에 그날 세희 언니의 동선을 다시 추적해보았다. 소미에게 맞고 나서 그녀가 CCTV에 잡혔던 근처 주차장과 그녀가 구급차를 탄 위치가 꽤 떨어져 있었다. 변호사 아저씨는 이동 중에 무슨 일이 있었는지 확인하기 위해 행신동에 있는 고양시 통합관제센터에 찾아갔다. 하지만 보관기간이 30일이라 해당 날짜 영상은 남아 있지 않다는 말을 들었다.

다시 현장을 찾아간 아저씨 눈에 편의점 문에 붙은 A4 용지가 보였다. "도둑놈 보아라"라는 제목으로 시작해 냉장고에서 아이스크림을 털어간 범인이 CCTV에 잡힌 사진과 함께 "좋게 끝내자. 경찰 신고 안 했다. 모자이크 지우면 네 면상하고 교복 명찰까지 보인다. O월 O일까지 시간 준다"라는 문구가 적혀 있었다. 그걸 보자 눈이 번쩍 띄었다고 했다.

"그게 왜요?"

"편의점도 한 달씩만 보관하더라고. 그런데, 그 도둑 잡는다고 백업을 해두었을 거 아니야?"

"아. 그래서, 찾았어요?"

역시나 편의점 사장은 하드디스크를 따로 백업해 두었단다. 변호사임을 밝히니 흔쾌히 협조해주어서 사건 당일 동영상을 확인할 수 있었다. 아이스크림 냉장고 뒤로 이면도로가 보였다. 한참 동안 모니터를 들여다보던 변호사 아저씨는 긴 청바지와 셔츠 차림에 높은 구두를 신은 여자를 발견했다. 세희 언니가 틀림없었다.

"그때까지는 죽지 않았던 거야."

"그러면요?"

"화면이 좀 흐리지만, 자동차에 들이받히는 모습이 찍혔어. 세희는 교통사고로 사망했어. 너 때문에, 아니, 소미 때문에 죽은 게 아니란 말이야. 그 내용으로 항소이유서를 쓸 거야."

생각지도 못했던 반전이었다.

다섯 평짜리 인생

경찰이 뒤늦게 수사에 나섰다. 세희 언니를 치고 달아난 차량은 파주에 있는 농업용 저수지에서 발견됐다. 주변에 CCTV가 없는 곳이었고, 대포 차량이어서 운전자는 찾을 수 없었다. 변호사 아저씨의 활약 덕분에 살인 혐의를 벗게 되었다. 그렇다고 집에 갈 수 있는 건 아니었다.

항소심에서 재판장은 세희 언니를 죽게 만든 확정적 고의가 없다고 하더라도 사망의 결과를 발생시킨 게 나였기 때문에 중상해죄라고 했다. 그렇게 나는 교도소에서 3년을 보내게 됐다. 그래도 다행이라고 생각했다. 변호사 아저씨가 우리 엄마 병원에도 다녀왔는데, 의료진에게 곧 수술을 받게 될 것이라는 얘기를 들었다고 했기 때문이었다.

"저는 괜찮아요, 아저씨. 할 만큼 했잖아요."

"이상해. 분위기가 이상했어. 3년이나 나올 게 아니었다고."

"5년보다는 줄었잖아요. 살인도 아니고."

"애초에 너는 죄가 없잖아."

아저씨는 소미네 아빠가 재판에도 관여했을 것으로 의심했다. 하지만 그걸 증명할 방법이 없었고, 증명한다고 하더라도 달라질 건 없었다. 나 같은 피라미는 물론이고, 아무리 변호사라고 해봤자 압도적인 힘 앞에서는 무력한 존재였다.

"우리 엄마 잘 있다고 한 거 진짜죠? 수술도 곧 받겠죠?"

"그럼. 정말이야. 소미네 아버지가 어떤 사람인데."

"깔끔하게 잘해주겠죠."

함께 씁쓸한 웃음을 지었다.

"앞으로 우리가 만날 일은 없을 거야."

"그동안 고마웠어요."

"미안하다. 내가 어른인데. 좋은 걸 보여줘야 하는데."

변호사 아저씨의 표정은 그의 얼마 남지 않은 머리카락처럼 쓸쓸해 보였다. 나는 애써 웃어 보였다.

어른이라고 세상을 다 아는 게 아니라는 것, 어른이라고 늘 강하지 않다는 것을 구치소에 와서 배웠다. 내가 그동안 사회에서 봤던 그 강해 보이던 어른들도 마찬가지겠지. 어른스럽게 살려고, 씩씩해 보이려고 애쓰며 살았겠지. 소꿉놀이에서 아빠 역할을 맡은 아이처럼.

***

여름방학을 앞두고 들어갔던 구치소에서 나올 때는 가을이 한창이었다. 포승줄에 묶인 신세였지만 고속도로를 달리는 호송차에서 바라본 가을 들녘은 아름다웠다. 추수를 앞둔 벼들이 바람에 파도치며 출렁거렸다. 이름 모를 들꽃들을 바라보고 있는데 창밖 풍경이 바뀌었다. 식당이 하나둘씩 보이더니 아파트 단지가 나타났다.

차가 커다랗게 커브를 돌았다. 잠시 뒤 길이 좁아졌다. 교도로소 이어지는 외길이라는 걸 알 수 있었다. 몇 분을 더 달리자 차가 멈췄다. 구치소에 들어갈 때와 비슷한 절차를 거치고 나서 나는 기어이 교도소에 갇히게 됐다.

구치소에 수감된 미결수에게는 무죄추정의 원칙을 적용한다. 재판 결과 무죄로 판명되어 풀려나는 경우도 많다. 교도소라면 얘기가 다르다. 유죄 판결을 받은 죄인들이다. 특히 내가 들어온 여자 교도소는 더욱 그렇다. 이곳에 있는 사람은 적어도 징역 1년 이상의 판결을 받은 중대한 범죄자들이다.

위아래 모두 파란색인 수의를 입고 교도관을 따라 걷다가 방 앞에 섰다. 창문으로 내부 모습이 보였다. 내가 앞으로 살게 될 혼거실을 보자 나도 모르게 한숨이 나왔다. 엄마와 내가 쓰던 거실과 크기가 같은 건 물론이고 장판까지 똑같기 때문이었다. 우리는 거실이자 주방인 방 한 칸에서 겨울을 나곤 했다. 전기장판과 히터만으로 난방을 했기에 그게 최선이었다.

"1251번, 들어가."

구치소 교도관들은 반말과 존댓말을 반씩 섞어서 썼다. 여기서는 대부분 반말이었다. 방에 들어가니 다섯 명이 벽에 붙어 서 있었다. 구치소 때처럼 쭈뼛거리지 않고 내가 먼저 인사했다.

"안녕하세요."

교도소는 기결수만 모아둔 곳이라 성년과 미성년자를 분리하여 수감하는 게 원칙이다. 다들 미성년자일 테니 나이 차이도 얼마 나지 않는 게 당연했다. 내게 적의를 가진 눈빛은 아니었지만, 미지근한 반응이었다.

"일단 앉자."

단발머리에 비쩍 마른 여자가 방장인 듯했다. 모두가 바닥에 앉았다.

"자기소개."

방장은 말이 짧았다.

"수인번호 1251번입니다. 일산에서 왔어요. 열일곱이고, 이름은 왕서아. 상해로 3년 받았어요."

"사람 쳤구나. 상해로 3년이라. 초범이야?"

"네."

"나는 신화선. 스물둘이야. 살인으로 10년. 네 옆에 있는 파마머리는 현지야. 스물이고, 절도 3범이야. 3년 6개월. 그 옆에 영은이는 열아홉이고, 특수폭행으로 2년. 층간소음 때문에 윗집하고 싸우다가 그 집 엄마랑 딸년 대가리를 망치로 깼어. 그 옆에 지민이도 열아홉인데, 얘는 사기로 1년 반. 이제 곧 나가. 끝에 안경잽이 보이지? 주아는 너랑 동갑이야. 존속살인으로 5년 먹었는데, 쟤는 좀 딱해. 아빠란 사람이 덮치는 걸 밀쳐내기만 했거든."

화선 언니는 짧은 시간에 다섯 명 모두를 직접 소개했다. 말투도 표정도 냉정했다. 정확한 발음으로 귀에 쏙쏙 박히게 말하는 능력이 대단해 보였다.

그녀가 사물함 하나를 손가락으로 가리켰다.

"저기 빈 곳에 짐 풀면 돼. 네 자리야. 이 주임이 말했나 모르겠다. 거기 쓰던 애가 자살 시도해서 빈 거야."

"자살이요?"

"어. 미친년이 밤중에 혼자 화장실에 오래 앉아 있길래 뭔 짓을 하나 했더니……. 안경테를 부러뜨려서 날카롭게 갈아놓았더라고. 그걸로 손목을 그었어."

"세상에. 그래서요?"

"빨리 발견했으니 망정이지. 병원에서 치료 중이야. 걔 우울증이 있는 거 같다고 내가 이 주임한테 그렇게 얘기했는데 말이야. 좀 고상하고 우아하게 산 애들이 여기 생활을 잘 못 견뎌."

그 자리를 물려 쓴다는 게 찝찝하면서도, 그녀가 자살에 성공했다면 더 찝찝했을 거라는 생각이 들었다. 아니, 자살에 '성공'했다는 말이 옳기나 한 것일까? 아무튼 짤막하게 서로 소개하고 인사한 게 신입식의 전부였다. 구치소에서 들고 온 짐을 풀고 있을 때 동갑내기인 주아가 아무 말도 없이 다가와 도와주었다.

구치소와 교도소의 분위기는 비슷하면서도 달랐다. 구치소에서 맡았던, 땀 냄새와 발 냄새가 섞인 듯한 특유의 퀴퀴한 냄새에 더해 생리 냄새까지 진하게 섞여 고역이었다. 그래도 구치소보다 시설이 좋고 방도 조금 커 보였다. 오히려 마음은 구치소에 있을 때보다 편했다. 그때는 모든 게 불확실했지만, 이제는 변수란 게 없으니까. 그리고 아무리 봐도 화선 언니는 지영 언니 같은 사람과는 다른 것 같으니까.

***

교도소에 온 지 사흘이 지나고 첫 목욕을 했다. 겨울에는 일주일에 한 번, 여름에는 매일, 봄가을에는 두 번씩 목욕탕에 간다. 모두가 기다리는 시간이다. 같은 방에 있는 사람끼리 함께 들어가 씻는데, 뒷사람과 몸이 닿을 듯 좁다. 주어진 시간 안에 목욕을 끝내려면 옷을 벗는 것부터 속도를 내야 한다.

머리를 감고, 몸 구석구석에 비누칠하고, 재빠르게 헹구고 나와 수건으로 물기를 닦고 옷 입는 게 기계적으로 이루어진다. 신기한 건 이 모든 과정에서 함께 지내는 이들의 알몸을 계속 마주하는데,

그게 민망하지 않았다. 몸매는 제각각이지만, 구치소와 달리 다들 젊어서 그런지, 벗은 게 수의를 입고 있을 때보다 훨씬 예뻐 보였다. 사복을 입은 모습이 궁금했다.

개운한 기분으로 방에 돌아와 함께 청소하고 TV를 보았다. 담장 바깥사람들의 기대와 달리 교도소에서 가장 괴로운 건 '고작' 지루함이다. 게다가 23세 미만은 징역을 살아도 노역하러 작업장에 나가지 않는다. 위험하고 포악한 사람과 같은 방을 쓰는 게 아니라면, 남아도는 시간을 어떻게 보내느냐가 삶의 질을 좌우한다. 바다 위에서 갈증을 느끼듯, 홍수처럼 넘치는 자유 속에서 진정한 자유를 죽도록 그리워하는 곳이 교도소다.

며칠 동안 같은 방 사람들을 지켜보니 남아도는 시간 동안 각자 하는 일이 일정했다. 화선 언니는 오로지 공부만 했다. 현지 언니와 지민 언니는 주로 TV와 잡지를 봤고, 영은 언니는 소설을, 주아는 불경을 읽었다. 나는 구치소에 있을 때처럼 멍하니 지냈다.

열심히 책장을 넘기던 화선 언니가 중요한 부분이었는지 펜으로 밑줄을 그었다. 소리 내지 않고 입술을 움직여 중얼거리는 모습이 참 멋있어 보였다. 그때까지 화선 언니와 따로 얘기를 나눈 적이 없었다. 나는 기회를 살피다가 언니가 잠시 눈을 감은 틈을 타 먼저 말을 걸었다.

"언니, 그……. 제 자리 썼다는 그분이요. 그분은 어쩌다 들어온 거래요?"

"지금 그게 궁금하니?"

화선 언니가 고개를 돌려 나를 빤히 쳐다보자 왠지 부끄러웠다. 사람의 마음속까지 읽는 것 같은 눈빛이었다. 퉁명스러운 말투였지만 화가 난 것 같지는 않았다.

"그냥요."

"자살방조죄였어. 세 명이 죽었거든. 걔만 빼고."

"살아남은 게 죄인 거예요?"

"어머, 얘 좀 봐?"

언니가 책장 모서리를 살짝 접고는 책을 덮었다. 그리고는 나를 마주보기 위해 몸을 돌렸다.

"그럴 수도 있네. 혼자 살아남은 게 죄였지. 그런데, 동반자살 할 사람을 구한다고 단체방을 만든 게 걔였거든. 사람들이 모여들자 죽을 날짜를 잡았어. 평택에 있는 모텔방에 들어갔고. 그래서 뭐, 다들 겁나니까 술도 마시고, 그러다가 약을 먹고. 뻔하지."

"그런데 어떻게 혼자 살았대요?"

"토해서 살았다나 봐. 어려서 몸이 약을 거부한 건지, 술이 안 받아서 그랬는지."

동반자살 하자는 글을 인터넷에 장난으로 올리기만 해도 징역 2년까지 받을 수 있단다. 그녀는 나이가 어리고, 집에 유서를 남긴 것으로 보아 자살을 하려던 계획이 사실이었다는 점을 참작 받아 징역 1년을 선고받고 교도소에 들어왔다. 자살방조죄는 최하 1년부터

10년까지 징역형을 받을 수 있다고 했다.

"우울증이 있었다고 했으면 집행유예로 끝났을 수도 있었을 텐데."

"우울증이 있던 건 맞아요?"

"내가 볼 때는 그래. 뇌피셜[1]이지만. 심리학 전공이라 대충 주워들은 게 있거든."

"와! 언니, 대학도 다녔어요?"

목소리가 컸다. 아차 싶었다. 열 명 중 여덟아홉 명이 대학에 들어가는 시대인데. 그새 구치소에 적응됐던 걸까? 거기서는 지영 언니만 전문대를 나왔고, 촉새 언니는 상고 중퇴, 나머지는 그 이하였다. 여기서는 화선 언니와 영은 언니가 대학을 다녀봤다.

"그래. 그런데 졸업을 못 했어. 사람 죽이는 바람에."

"그래서 이렇게 공부하시는 거예요?"

"응. 나도 언젠가는 여기서 나가잖아. 너희들 다 나간 다음이겠지만. 나가서 하고 싶은 일이 있어."

"심리학, 재미있겠다. 사람 마음 읽고, MBTI 같은 거 배우는 거 맞죠?"

내 말에 언니가 피식 웃음을 터뜨렸다. 그녀가 웃는 모습을 처음 보게 됐다.

1. 뇌와 오피셜(official)을 합친 신조어로 객관적인 근거가 없는, 검증되지 않은 자신만의 생각

"사람 마음을 읽으면 초능력자지. 그리고 심리학자들은 MBTI 좋아하지 않아. 그런 건 타로 카드로 점을 보거나 혈액형으로 성격 파악하는 수준이지."

"어? 타로는 그냥 재미로 보는 거라고 해도, 혈액형은 진짜 맞던데요? 과학이더만."

그녀를 웃기려고 한 말은 아니었다. 화선 언니가 갑자기 손뼉을 치며 웃었다. TV와 책을 보던 이들이 깜짝 놀라 우리 쪽으로 고개를 돌렸다. 그러자 언니는 손으로 얼굴을 가리며 웃음을 참았다. 다시 다들 고개를 돌린 뒤에도 언니는 한동안 그대로였다.

"아이고, 요 깜찍한 여고생을 봤나."

언니가 손가락으로 내 볼을 살짝 꼬집었다. 희고 마른 손가락이 볼에 닿는 느낌이 부드러웠다. 얼마 만이더라. 소미네 아빠가 처음 나를 찾아온 날, 그러니까 애슬이를 마지막으로 본 날이었을 거다. 그때 서로의 볼을 꼬집은 게 엊그제 일 같다. 애슬이가 아니라 화선 언니지만, 기분이 좋았다.

"너, 무지개가 몇 가지 색깔인지 아니?"

"빨주노초파남보, 일곱 개잖아요."

"조선 시대에는 오색 무지개라고 불렀어. 독일도 그랬고. 미국은 여섯 개였어. 아프리카에서는 세 가지, 혹은 서른 가지라고도 했어. 왜 그런지 아니?"

"음……. 색을 표현하는 언어가 달라서?"

그녀가 또 웃을지 모른다고 생각하며 대답했다. 화선 언니는 웃기는커녕 눈이 동그래졌다.

"그래. 그게 언어의 분절성이라는 거지. 너 혹시 언어학책 읽었니?"

"아뇨. 저 책하고는 사이가 안 좋아요. 왜, 우리 말이 그렇잖아요. 빨간색도 빨겋다고도 하고 새빨갛다고도 하고, 불그스름하다고도 하고."

"맞아. 무지개를 프리즘으로 보면 207개 색이 있다고 해. 실제로는 더 많겠지. 사람도 저마다 다르잖아? 남녀로, 세 가지 피부색으로, 대륙별로, 그렇게 쉽게 나누고 같은 부류라고 묶어버리면 오차가 크지. 서양인이 한국인과 중국인 혹은 일본인을, 심지어 동남아나 중동 지역 사람들을 비슷한 부류라고 묶으면, 너는 그걸 수긍할 수 있어? 마찬가지로 사람 성격을 16가지로 나누는 것도 편리하기는 하지만, 과학적이지 않아. 혈액형에 따라 4종류로 나누는 거야, 뭐. 재미 삼아 할 수 있을지는 몰라도. 그 유래를 알게 되면 너도 끔찍하게 생각할 거야."

화선 언니는 내게 심리학에 대해 간단한 설명을 해주었다. 작은 입술을 움직이며 조곤조곤 말하는 낮은 목소리를 들으니 마음이 안정되는 듯했다.

"그 언니는 왜 또 자살하려고 했을까요? 심리학적으로."

"글쎄. 나도 잘 모르지."

"그러면 심리학 말고, 뇌피셜적으로."

"뇌피셜? 그래. 걔하고 얘기해보니까 처음 자살을 생각했을 때 이미 우울증이 있던 거 같아. 정말 죽을 생각이 있던 건 아니었던 거 같고. 어릴 때는 자기가 어떤 상태인지를 몰라. 하긴, 커서도 다를 게 없는 사람이 더 많지만. 아무튼 죽다 살아나서 재판을 받고 여기에 들어왔으니 정신이 있었겠어? 종일 밥도 안 먹고, 잠도 못 자고, 벽만 쳐다보면서 울더라."

구치소에 갔을 때 나도 비슷했다. 나도 우울증이었을까 하는 생각이 들었다. 아, 적어도 나는 밥은 잘 먹었구나. 나중에 언니에게 들은 바로는 교도소에서는 죄수만이 아니라 교도관도 우울증에 걸리기 쉽다고 했다. 왜 그런지는 묻지 않아도 알 수 있을 것 같았다.

"죄책감이 심했을 거야. 죄책감이 우울을 강화하고, 우울함이 죄책감을 키우고, 악순환이 계속됐겠지."

"악순환……."

"걔가 올 곳은 애초에 여기가 아니라 병원이었어. 순서가 바뀐 게 비극이었지. 나도 그랬어."

화선 언니의 얼굴이 원래의 냉정하고 침착한 표정으로 돌아왔다.

"너는 참 남다른 애야. 이곳에서 네 색깔을 잃지 않고 나갔으면 좋겠다. 빨주노초파남보가 아니라, 뭐가 있을까, 형광 주황이라든가. 반짝반짝 빛나는."

내가 흰색 다음으로 좋아하는 게 형광 주황이다. 한국 챔피언전에 입고 나간 가운과 신발, 로드워크 할 때 입던 티셔츠와 후드점퍼도 그 색이다. 화선 언니와 잘 지낼 수 있겠다는 생각이 들었다.

***

“기상! 기상!”

아침 여섯 시가 되면 교도관의 목소리에 마지못해 잠에서 깬다. 교도소 생활은 군대처럼 모든 게 일정에 따라 움직이고, 점호로 시작해서 점호로 끝난다. 이부자리를 정리하고 나면 인원 점검을 한다. 곧 덜그럭 소리를 내며 수레가 도착한다. 락앤락 통에 담긴 음식을 받아 방 안에서 배식하고 밥을 먹는다.

설거지하고 남는 시간 동안 영치금으로 구매할 물품을 적어 제출한다. 구치소와 달리 다들 영치금을 아껴 쓴다. 우리 방은 특히 그렇다. 여덟 시가 되면 노역을 해야 하는 성인 수감자들이 건물 위층에 있는 작업장으로 이동한다. ‘출역’이라고 부른다. 노역으로 버는 돈은 얼마 되지 않지만, 시간이 빨리 가서 좋아들 한단다.

우리처럼 23세 미만의 ‘소년처우수형자’는 이모들이 노역 나가는 소리를 들으며 부러워한다. 방 밖으로 나갈 수 있기 때문이다. 그때부터 우리는 좁은 혼거실에서 지루함과 싸우기 시작한다. 공부하고 책을 읽으라는 시간이지만, 저마다 다르게 보낸다. 하지만 편지를 읽고 쓰는 건 나를 뺀 모두가 한다.

특히 펜팔이 유행이다. 상대는 의정부에 있는 남자 재소자들이다. 지민 언니의 펜팔 상대는 출소하고 나서도 편지를 보내왔다. 남자가 면회까지 오겠다고 했다는데, 수의 입은 모습을 보이기 싫어 거절했다. 대신 출소하고 나면 함께 돼지국밥을 먹기로 약속을 했단다.

열한 시 반이 되면 점심을 먹는다. 정오가 되면 한 시간 동안 보라미 방송의 "함께 만드는 희망 이야기"라는 라디오 프로그램이 나온다. 전국의 모든 구치소와 교도소마다 틀어놓기 때문에 재소자에게는 청취율 1위 방송이다. 요일마다 구성이 다른데, 우리가 좋아하는 건 음악방송이다. 재소자에게 가족이나 애인이 보내는 음성을 들려주는 코너가 인기지만 대개 너무 슬퍼서 남은 시간 내내 우울해지기도 한다.

이어서 다섯 평짜리 방을 떠나 자유롭게 몸을 움직일 수 있는 운동시간이 온다. 고개를 들어 하늘을 볼 수 있는 유일한 시간이기도 하다. 운동장은 ㄷ자로 된 교도소 건물 한가운데 있다. 유일하게 뚫려 있는 쪽에도 육 미터짜리 담벼락이 우뚝 솟아 있어서 실외지만 실내에 있는 것 같은 느낌이다.

역시나 탑돌이 하듯 운동장을 뱅뱅 도는 사람이 대부분인데, 구치소와 달리 운동기구에서 격렬하게 운동하는 이들도 꽤 된다. 매일 규칙적인 생활을 하며 삼시세끼에 간식까지 챙겨 먹는데 몸을 움직여 열량을 소비하지는 못하니 살이 쪄서 그렇다.

운동시간 삼십 분은 항상 너무 짧아서 아쉽다. 이모들은 다시 작업장으로, 우리는 방으로 돌아와 오전과 같은 시간을 되풀이한다. 오후 다섯 시가 되면 "수용자 여러분, 오늘 하루도 수고 많으셨습니다"라는 안내방송이 나온다. 일과가 끝났다는 것이다. 두꺼운 철문은 다음 날 아침까지 굳게 닫힌다.

"차렷, 경례! 하나, 둘, 셋, 넷, 다섯, 여섯, 번호 끝!" 폐방 점호가 끝나면 TV를 보고 저녁도 먹는다. 아홉 시가 다가오면 이부자리를 편다. 취침 시간에도 오 분 동안 보라미 방송이 나온다. 연예인들이 근사한 목소리로 감성이 폭발하는 글을 읽어준다. 움직이는 사람이 없으니 쥐 죽은 듯이 조용한 시간이고, 누워서 눈을 감고 듣는 방송이라 점심때보다 더 집중할 수밖에 없다.

듣다 보면 내 곁에서 속삭여주는 느낌이 든다. 슬픈 내용이 아닌데도 흐느끼는 사람이 생긴다. 너무도 좋아하는 배우의 목소리를 들어서, 가족이 보고 싶어서, 내일이 찾아오는 게 슬퍼서, 울 구실은 널렸다. 누구 하나가 울기 시작하면 방 전체로 전염되고, 그게 옆 방으로 계속 옮겨지다 보면 건물 전체에 대성통곡 파티가 열려 시끄러워질 때도 있다.

일주일이 지나니 교도소 생활도 그새 적응이 됐다. 화선 언니와 얘기한 시간도 많았다. 가냘픈 사람이 대체 어쩌다가 살인으로 10년 형을 받게 됐는지 궁금했다. 함께 운동장을 걷다가 작정하고 물어보았다. 용기를 낸 덕에 일주일 동안 가지고 있던 궁금증이 풀렸다.

화선 언니는 동갑내기 남편과 캠퍼스 커플이었다. 언니는 졸업하고 대학원에 진학해 공부를 계속할 계획이었는데 덜컥 임신했다. 우여곡절 끝에 아이를 낳기로 하고 혼인신고를 했다. 식은 두 사람 모두 졸업하면 올리기로 했다. 학교 근처 원룸을 얻어 단출한 신혼 생활을 시작했다.

언니는 학교를 휴학하고 알바로 돈을 벌기 시작했다. 남편은 원래 살던 대로, 술과 도박에 중독된 삶을 유지하기를 원했다. 그녀의 배가 불러와도, 아들이 태어난 뒤에도 그랬다. 단칸방에 친구들을 데려와 술판을 벌이는 것까지는 참을 수 있었는데, 자신이 아껴서 모아놓은 아들 분윳값까지 훔쳐 가서 도박으로 날리는 것까지는 참을 수 없었다.

갓난아이를 안고 집에서 나와 친정으로 갔다. 하지만 애초에 출산과 결혼 모두 반대했던 친정 형편도 어렵기는 마찬가지였다. 홀어머니는 그녀를 거두어주지 않았다. 우는 아이를 데리고 갈 곳도, 뭔가를 할 돈도 없었다. 집을 나온 지 하루 만에 원룸으로 돌아왔다.

화부터 내는 남편에게 정색을 하며 이제 당신도 밖에 나가 일하라고 얘기했지만 무시당했다. 그러면 아이는 무슨 돈으로 키우냐고 묻자, 남편은 그러게 아이를 왜 낳았느냐며 되레 화를 냈다. 아이가 듣는 앞에서 그런 말을 하는 건 참을 수 없어서 물러서지 않고 싸웠다.

싸울 때마다 그녀의 몸은 멍투성이가 됐고, 피도 흘리는 일도 잦았다. 연애할 때부터 좋지 않던 남편의 손버릇이 더욱 심해졌다. 싸움은 하루도 끊이지 않았다. 신혼집은 전쟁터가 되었다.

그녀 몰래 현금 서비스를 받은 돈까지 모두 날린 날, 남편은 또 술에 잔뜩 취해 들어왔다. 부부가 싸우자 아이는 자지러지게 울었고, 남편은 백일도 안 된 아이를 발로 밟는 시늉을 했다. 그녀는 몸을 던져 남편을 거세게 밀어냈다. 그러자 남편은 그녀를 향해 마구잡이로 주먹을 휘둘렀다. 돈을 잃은 분풀이까지 포함된 것이었는지도 모른다.

"그래, 죽여! 죽여라!"

그동안 때리면 가만히 맞던 그녀가 격렬하게 반항하자 남편은 정말 죽일 듯이 그녀를 짓이겼다. 피투성이가 됐고 뼈가 부러지는 소리가 났다. 맞다가 죽을 것 같았다. 하필, 그녀가 쓰러진 곳에 가위가 있었다. 하필, 남편이 오기 전에 그녀는 인터넷으로 '기저귀 절약법' 동영상을 보았고, 이미 사용한 기저귀의 젖지 않은 뒷부분을 자르고 있었다.

가위를 손에 잡은 것도, 그 가위를 휘두른 것도 그녀는 기억하지 못한다. 그녀가 기억하는 건 남편의 가슴에서 피가 흐르는 모습이었다. 그녀가 두려웠던 건 가위가 남편의 왼쪽 갈비뼈 부분에 꽂혀 있어서가 아니었다. 남편이 다시 일어나 자신을 죽이고 아이에게 해코지하는 게 두려웠다. 끝내 일어나지 못한 남편을 보며 다행이라고 생각했지만, 그것은 결국 불행이었다.

검사는 그녀가 남편이 죽어가는 걸 보면서도 방치한 부분을 집중적으로 공격했다. 징역 10년형을 받고 교도소에 들어왔을 때 그녀는 겨우 돌인 아이를 안은 채였다. '육아거실'이라는 곳에서 아이와 함께 지냈다. 하지만 아이가 십팔 개월이 되자 시설 규정상 친정으로 보내야 했다.

"언니. 아가 보고 싶어서 어떻게 해요."

"내가 저지른 일인데 어떻게 하니. 참아야지."

담담한 척 대답했지만, 그녀 역시 눈시울이 붉어졌다. 나는 그제야 그녀가 늘 침착하고 냉정한 모습을 유지하려는 이유를 알게 되었다. 언제든 무너져내릴 수 있는 자신의 약함을 잘 알고 있기 때문이었다.

"어머, 예뻐요."

"그렇지? 착하기는 또 얼마나 착한데. 육아거실이 답답했을 텐데 투정도 잘 안 부렸어."

운동을 마치고 들어오니 언니가 책 사이에 꽂힌 아기 사진을 꺼내 보여주었다. 아이의 성을 자신과 같은 신 씨로 바꾸었다고 했다. 활짝 웃는 아이 얼굴을 보며 나도 따라 웃어보았다.

***

화선 언니 말대로 사람은 저마다 다르다. 이 좁은 곳에 살을 맞대며 살다 보면 절실하게 느끼게 된다. 저마다의 작은 차이가 프리즘을 통과해 다양한 스펙트럼으로 나타난다.

열아홉 동갑내기인 영은 언니와 지민 언니는 사이가 좋지 않다. 둘이 크게 다투어 징벌방에 다녀온 적도 있다고 한다. 구치소와 달리 교도소 징벌방은 독방이라 편할 것 같지만, TV는커녕 그야말로 아무것도 없어서 멀쩡한 사람도 반쯤 미쳐서 나온단다.

동갑내기인 주아는 입을 여는 법이 없다. 처음에는 다들 말도 걸어보기도 했지만 이제는 포기했단다. 불경을 읽는 것 말고도 매일 열심히 일기를 썼다. 둘 다 자기 마음을 다스리려고 하는 일 같다. 다들 사자머리를 하거나 묶어버리는 게 일반적인 교도소에서 주아는 긴 생머리를 유지했다. 아무리 봐도 모범생 같은 그녀가 사람을 죽였다는 게 상상이 되지 않았다.

헤어스타일로 치자면 스무 살 현지 언니가 가장 튀었다. 그녀는 감옥에서도 굵은 웨이브의 갈색 파마머리를 유지했다. 재료비를 내면 두어 달에 한 번씩 파마와 염색을 할 수 있단다. 현지 언니는 말이 많은 편인데, 뭐랄까, 조금 상스럽다. 방 안에 말 상대가 없어 심심했던 걸 운동하러 나가서 다른 방 이모들과 어울리며 푼다. 사회에서 발이 넓었던 것 같다.

교도소를 흔히 학교라고 부른다. 울타리로 세상과 분리되어 있고, 짜인 시간표대로 움직이고, 교사와 교도관이 하는 일도 비슷하기 때문일 것 같다. 학교처럼 공부할 수 있는 여건을 마련해 주는 건 사실이다. 검정고시나 자격증 시험 준비를 하는 사람도 많고 직업 훈련도 받는다. 의지만 있으면 공부할 수 있는 시간은 얼마든지 있다.

나쁜 공부를 하기에도 좋은 곳이다. 이곳에서 범죄 기술을 배우고 조폭과 인맥을 쌓는 이들도 있다. 그들이 통학하듯 자주 드나들기에 학교라고 부르기도 할 것이다. 사회에서 잘나가던 유명인은 교도소에서도 범털로 불리며 온갖 혜택을 누린다. 그들에게 잘 보이려고 줄을 서는 사람은 얼마든지 있다. 죄를 지은 사람 비율이 더 높다는 것만 다를 뿐, 사회의 축소판이다.

흘러가는 시간은 손가락 사이로 흘러내리는 모래알 같다고, 떨어진 낙엽은 갈퀴로 긁어모을 수 있지만, 시간은 그럴 수 없으니 소중히 다루라고, 화선 언니는 내게 말했다. 그녀는 앞으로 이곳에서 보낼 긴 시간을 치밀하고 치열하게 쓸 것이다.

내게 교도소가 학교일 수 있는 이유는 감사하는 법을 배우기 때문이다. 이곳에 있으니 비닐하우스에 불과한 집도, 지루했던 수학 시간도, 숨이 끊어질 것 같아 괴로웠던 복싱 훈련도, 내게 얼마나 소중한 것이었는지를 깨닫게 되었다. 무엇보다 배울 점이 있는 화선 언니를 만났다는 것 하나만으로도 감사하기로 했다.

어느 때와 마찬가지로 화선 언니와 도란도란 얘기를 나누며 운동장을 돌고 있었다. 점심으로 나온 돈가스가 꽤 맛있어서 허겁지겁 먹었던 터라 소화할 겸 평소보다 조금 빠르게 걸었다. 그러다 이모들이 여럿 모여 떠들썩한 모습이 눈에 들어왔다.

이럴 수가. 그들의 한 가운데에 있던 건 지영 언니였다. 항소심 재판을 마치고 여기로 왔나 보다. 눈이 마주칠까 재빨리 시선을 거두었다. 운동을 마치고 혼거실에 들어와서도 심장이 쿵쾅거렸다. 이곳에서 다시 그녀를 보게 될 줄은 상상도 못 했다. 충분히 가능한 일이었는데도.

"지민이 너도 인사시켜 줄게."

"그 언니가 그렇게 잘나가는 사람이에요?"

"야, 그 바닥에서 그 언니 모르면 간첩이야. 너도 이제 빨간 줄 그어진 인생인데, 밖에 나가서 제대로 된 회사 들어갈 수 있겠어? 곰살궂게 굴어. 좋은 일 생길 거야. 의리하면 그 언니거든. 너 경리 볼 줄 알잖아. 그 언니 가게 하나만 맡아봐. 인생 역전하는 거야."

현지 언니는 잔뜩 신이 났다. 그녀가 어떻게 지영 언니를 아는지는 알 수 없지만 불안해졌다. 미성년자라서 같은 방을 쓸 일이 없다는 게 천만다행이었다. 두꺼운 창살이 나를 가둬놓은 게 아니라 나를 보호하고 있는 것이라는 생각도 들었다.

이제 와 생각해보면 학교의 담장도, 잔소리하는 선생님도, 불편했던 교복도 다 나를 방어해주는 보호장치였다. 교복 대신 수의를 입으면서 나는 절대 약자가 됐으며, 육식동물들이 가득한 먹이사슬에서 최하위에 위치하게 됐다.

***

교도소에도 강당이 있을 줄은 몰랐다. 커다란 화면으로 영화를 볼 수 있을 줄은 더욱 몰랐다. 한 사회복지 단체가 전국의 교도소를 돌아다니며 영화 상영 행사를 진행한 덕분이었다. 수백 명이 한꺼번에 이동하니 교도관들은 잔뜩 긴장한 상태였다.

"1251번, 두리번거리지 않습니다. 시선 고정! 앞 사람 뒤통수!"

신기해서 주변을 돌아보다가 우리 방 담당인 이 주임에게 한 소리 들었다.

강당 입구에 행사 안내 전단과 함께 영화 포스터가 붙어 있었다. 영화 제목은 〈가버나움〉이었다. "나를 세상에 태어나게 한 부모님을 고소하고 싶어요"라는 강렬한 문구가 인상적이었다.

기동순찰팀과 교도관이 곳곳을 지키는 가운데 강당에 들어가 앉았다. 잠시 뒤 제복을 입은 높은 사람들이 줄줄이 들어와 앞 좌석에 앉았다. 그리고 사복을 입은 사람 몇이 무대 위에 올랐다. 사회복지 단체 사람들이었다. 그중 키가 훤칠하고 잘생긴 남자가 있어서 환호성이 들리기도 했다.

자기네 단체가 어떤 일을 하고 있고, 이번 행사 취지가 어떻고 하는 얘기였는데 귀에 들어오지 않았다. 그저 지루한 시간이 빨리 끝나고 영화가 시작되기만 기다렸다.

"그러면 지금부터 영화 상영을 시작하겠습니다."

진짜 영화관에 온 것처럼 조명이 어두워졌다. 경찰서 유치장에 들어간 이후 처음으로 겪는 어두움이라 생소했다. 영화가 시작할 때까지 잠시 지속된 어두움이 그토록 포근하게 느껴질 줄이야. 예전에는 어두운 밤길을 걸을 때마다 두려웠는데, 이제는 그 어둠마저 그립다니.

레바논에서 만든 영화라는데, 빈민가에 사는 어린 남매의 얘기였다. 부모가 초경을 시작한 어린 여동생을 슈퍼마켓 사장에게 시집보내려고 하자, 오빠 '자인'은 동생과 함께 가출을 시도하다 혼자만 나가게 된다. 길거리를 떠돌다 우연히 만난 불법체류자 여성과 함께 지내게 된다.

판잣집에 살던 여성은 새로운 가짜 체류증을 만들려다가 경찰에 붙잡힌다. 하루, 이틀이 지나도 그녀가 집에 오지 않자 자인은 그녀의 아이를 안고 거리에 나가 앵벌이를 한다. 그러다 한 소녀를 만나 입양이라는 꿈을 갖게 된 자인은 악착같이 돈을 벌어 아이와 함께 버틴다.

외국으로 나가려면 신분증이 필요하다는 것을 알게 된 자인. 몰래 집에 들렀다가 슈퍼마켓 사장에게 팔려 갔던 여동생이 너무 어린 나이에 임신해서 죽게 된 사실을 알게 된다. 그는 칼을 들고 슈퍼마켓에 가서 사장을 찌른다. 그리고 감옥에 갇히게 된다.

두 시간이 넘게 이어진 영화였지만 하나도 지루하지 않았다. 보는 내내 먹먹해서 눈물도 나오지 않았다. 특히 마지막 장면에서는 가슴 한쪽이 찢어지는 듯했고, 그제야 눈물이 쏟아지기 시작했다. 옆에 있던 화선 언니도 연신 눈물을 훔쳤다. 강당 전체가 눈물바다가 됐다.

영화를 마치고 이동하기 위해 인원 점검을 하고 줄을 서던 때였다. 누군가가 나를 툭툭 건드렸다. 당연히 우리 방 언니 중 하나일 줄 알고 고개를 돌렸다.

"너 오랜만이다. 잘 지냈어? 아, 이 귀엽고 도도한 년. 여기서 보니까 진짜 반갑네."

지영 언니였다. 갑자기 몸이 굳어버렸다.

"어? 쌩까네, 씨발. 야, 너 복싱선수였다며? 한국 챔피언."

"그걸 어떻게……?"

"뉴스에서 봤지. 주먹 믿고 그렇게 뻣뻣했구나?"

우리가 멈춘 바람에 먼저 이동한 사람들과 거리가 벌어졌다. 교도관이 다가오자 지영 언니는 됐다고, 곧 가겠다고 손을 들어 보였다.

"내가 잘해줄 때 예쁘게 굴지 그랬어. 후회하게 해줄게. 또 보자."

그녀가 교도관에게 이끌려 멀어진 뒤에도 나는 움직일 수 없었다. 이 주임이 정신 차리라고 내 어깨를 짚을 때까지 그랬다.

강당 밖으로 나오니 누군가 탄성을 질렀다. 그러자 다들 그를 따라 고개를 들어 하늘을 올려다보았다. 별이었다. 밤하늘에 별이 밝게 빛나고 있었다. 교도소 안에서 처음으로 별을 본 게 나 혼자만은 아니었나 보다.

별을 보니 엄마가 떠올랐다. 집 주변을 벗어나지 못할 정도로 거동이 불편해진 뒤로는 문 앞 의자에 앉아 밤하늘을 보는 게 엄마의 유일한 취미였다. 언젠가부터는 별자리까지 외우기 시작했다. 병원에서도 창문 밖으로 보이는 별을 보고 있을 것이다. 멎었던 눈물이 다시 흘러나왔다.

"얘 은근히 감성적이네. 그렇게 슬펐어?"

사동 건물로 들어갈 때 영은 언니가 내게 물었다. 그녀 역시 눈이 시뻘겋게 충혈되어 있었다.

"네."

떨리는 목소리로 대답했다. 고개를 떨구자 눈물이 떨어졌다.

방에 들어오고 나서도 혼란스러웠다. 내가 뉴스에 나왔구나. 하긴 누구나 방청할 수 있는 재판이었고, 판사의 입에서도 내가 아마추어 복싱 한국 챔피언이라는 말이 나왔으니. 신문에도 나왔을까? 학교에서도 알게 됐을까? 잠이 오지 않았다.

***

내가 지영 언니한테 뭘 그렇게 잘못했을까? 그녀는 내가 원치 않는 일을 요구했다. 나는 몸서리치게 싫어서 완강하게 저항했다. 구치소에서 나를 철저히 따돌렸던 것으로도 부족했는지, 교도소에서도 그녀는 나를 가만 놔두지 않았다.

수감자는 가슴 양쪽에 명찰을 붙인다. 왼쪽 가슴에는 수인번호가, 오른쪽 가슴에는 어느 건물 몇 층 몇 호실에 있는지가 적혀 있다. '1상4'라고 붙어 있으면 제1 수용동의 2층 4호 거실에 수감됐다는 식이다. 지영 언니의 방은 우리 방에서 물리적으로 멀리 떨어져 있었다. 그럼에도 그녀는 아바타를 원격 조종할 수 있는 힘이 있었다.

"이모, 이거 가지고 어떻게 여섯 명이 먹어요?"

"몰라서 물어? 모르겠으면 저년한테 물어봐."

배식구에서 소지 이모가 가리킨 건 나였다. 그녀에게 따져 묻던 현지 언니가 나를 죽일 듯 째려보았다. 소지 혹은 소사라고도 하는 이들의 정식 명칭은 사동 청소부다. 배식과 청소를 비롯해 하루에 열두 시간씩 갖가지 허드렛일을 한다. 대신 모범수로 형량을 줄일 수 있고 약간의 수당도 받는다. 시급으로 치면 오십 원이 조금 넘을 것이다.

현지 언니가 투덜거리는 것에는 이유가 있었다. 점심으로 소고기미역국이 나왔는데, 우리 방에 들어온 건 아주 약간의 미역만 있을 뿐, 소고기는 한 점도 없이 기름만 동동 뜬 것이었다. 기분 탓인지 밥도 평소보다 적어 보였다.

"아, 진짜. 어디서 저런 게 들어와 가지고. 어제 오뎅국도 오뎅은 없고 무만 있는 맹탕이었잖아!"

지영 언니가 나를 괴롭히는 방식은 치졸했다. 무엇보다 참기 힘든 건 나만 힘들게 만드는 게 아니라 함께 지내는 우리 방 사람들에게까지 피해를 주는 것이었다. 먹는 것만 그런 게 아니었다. 기온은 날마다 떨어지는데 우리 방에 들어오는 온수만 양이 적거나 미지근했다.

우리 방에 대한 노골적인 차별에 대해 화선 언니와 주아는 내색을 하지 않았다. 그런데 며칠 뒤, 그동안 내내 참던 영은 언니가 닭개장을 보고 폭발했다. 감자만 잔뜩 들어 있고, 닭고기라고는 자기가 싫어하는 날개 부위 몇 점이 전부였기 때문이었다.

"야. 너 진짜 뭐야? 무슨 짓을 했길래 우리까지 이렇게 덤터기를 써야 하냐고!"

평소에는 차분한 성격이지만, 뭔가 자신만이 설정한 기준을 넘어서면, 그녀는 불같이 화를 내곤 했다. 뭐라고 할 말이 없어서 고개를 숙이고 있던 나 대신 화선 언니가 중재에 나섰다.

"그만. 됐어. 그냥 먹자. 영은아, 내가 내일 훈제 치킨 살게."

"언니! 언니 돈 없잖아요. 그냥 쟤가 문제잖아요. 네가 해결해! 책임지라고!"

영은 언니의 화를 누그러뜨릴 방법은 없었다. 그녀와 동갑인 지민 언니가 가만히 있다가 입을 열었다.

"나야 이제 금방 나가니까 참을 수 있다고 쳐도. 이건 아니지. 여기서 먹는 게 얼마나 민감한 일인데."

"죄송해요. 저 때문에 이렇게 됐으니까 제가 책임질게요."

수저를 내려놓았다.

구치소에 이어 교도소에서도 따돌림을 당하게 됐다. 그래도 단 한 사람, 화선 언니는 내게 곁을 내주었다. 점심 식사가 끝나고 함께 운동장을 돌았다. 현지 언니는 지민 언니와 함께 지영 언니가 있는 무리에 끼어 있었고, 영은 언니와 주아는 의자에 멀뚱히 앉아 있었다.

"뭘 어떻게 하려고 그래?"

"어떻게든 해보려고요."

"그러지 마. 현지 얘기 들으니까 보통 여자가 아니던데."

"언니, 저 좀 도와줄 수 있어요?"

화선 언니가 굳은 표정으로 고개를 끄덕였다.

지영 언니는 정말 뱀 같은 사람이었다. 그녀가 내 따귀를 때리건 주먹질을 하건 나는 다 맞아주며 견뎌낼 수 있다. 하지만 다른 사람을 시켜 나뿐 아니라 주변 사람까지 고통스럽게 만들다니, 그 비겁함과 완악함을 더는 참을 수 없었다.

***

담장 바깥세상과 마찬가지로 교도소 역시 작업이 없는 주말이 되면 한가하고 여유가 넘친다. 지상파 본방송을 볼 수 있다는 장점도 있다. 외부에서 사람들이 들어와 행사를 하기도 한다.

토요일은 접견하러 나가는 사람이 많고, 접견이 없는 일요일에는 대부분이 종교행사에 참여한다. 죄를 용서받고 복과 함께 간식을 얻고 싶어서다. 나도 예배, 미사, 법회에 모두 참석해봤다. 하느님과 부처님에게 따져 묻기 위해서였다. 내가 대체 뭘 그렇게 잘못했는지.

개신교 예배는 미사와 법회와는 분위기가 사뭇 달랐다.

"해 뜨는 데부터 해지는 데까지, 주 이름 찬양받으리."

드럼, 베이스기타에 전자기타와 신시사이저까지, 홍대 클럽처럼 귀청이 떨어질 정도로 커다란 음악이 울렸다. 다들 율동까지 하며 노래를 부르는데 강당이 떠나갈 듯했다. 무대 뒤에 붙은 플래카드를 보니 특별 부흥회란다.

"세상 모든 죄인을 부르신 아버지! 이 시간 저희가 특별히 주님 앞에 나왔습니다."

피아노와 기타 연주가 잔잔하게 흐르는 가운데 정장을 입은 남자가 하늘을 향해 양팔을 높이 들고 큰 소리로 기도를 시작했다. 재소자들은 주먹을 꼭 쥔 채 눈을 질끈 감았다. 나는 실눈을 뜬 채 분위기를 지켜보았다.

"주님께서 이들의 죄를 사하여 주신 줄을 믿! 습니다! 여러분! 믿으시면 아멘! 하십시오! 할렐루야!"

"아멘!"

참 편리한 종교였다. 아직 출소하지도 않았는데, 피해자들은 여전히 고통받고 있는데, 죄수들은 신에게 아멘이라고 한 마디 외치는 것으로 간단하게 용서받았다.

"더 크게! 할렐루야!"

"아멘!"

남자의 말에 다들 목청이 터지도록 외쳤다. 그러자 다시 드럼이 우당탕 소리를 냈고, 베이스기타도 둥둥거리며 분위기를 띄웠다. 노래가 이어졌다. BTS 공연보다도 더 열정적인 떼창이었다. 마치 록밴드의 콘서트에 온 것 같았다. 뒷사람 입에서 튀어나온 침이 목덜미에 닿았다.

"여러분, 주여 삼창하고! 우리, 뜨겁게 통성으로 기도하겠습니다. 주여!"

"주여! 주여! 주여어어어!"

신이 귀가 어두우실 리가 없는데, 그렇게 큰소리를 질러야 하나 싶었다. 강당 조명이 어두워졌다. 어쩌고저쩌고 쌀라쌀라, 알 수 없는 언어로 소리치는 사람도 있고, 울부짖으며 제자리에서 방방 뛰는 사람도 있고, 가슴을 부여잡고 무작정 소리만 지르는 사람도 있었다.

옆에 있던 화선 언니가 내 등을 톡 건드렸다. 나와 눈을 마주치자 그녀가 고개를 끄덕였다. 바로 지금이라는 신호였다. 언니는 결혼하기 전까지 친정엄마와 교회를 다녀서 예배가 어떻게 진행되는지 잘 알고 있었다.

우리는 슬그머니 줄에서 빠져나가 벽 쪽에 두었던 파란색 플라스틱 통의 쇠 손잡이를 하나씩 집었다. 비닐하우스에서는 물통으로, 학교에서는 야외 쓰레기통으로, 우리 집에서는 김장 통으로 쓰던, 흔히 볼 수 있는 제품이었다. 예배 시작할 무렵 강당 화장실 끝 칸에서 들고 왔는데, 아무도 이상하게 생각하지 않았다.

미리 봐 둔 대로 두 줄 앞으로 이동했다. 지영 언니가 눈을 질끈 감고 간절하게 기도하고 있었다. 그녀는 대체 누구에게, 어떤 내용으로 기도를 하는 것일까? 하나, 둘, 셋. 입 모양으로 셋을 센 뒤 화선 언니와 함께 플라스틱 통을 들어 그녀의 몸에 뒤집어씌웠다.

"뭐, 뭐야!"

지영 언니가 소리를 질렀지만, 그녀의 목소리는 통 안에서만 울렸다. 강당이 떠나갈 듯 시끄러웠기에 통이 아니었더라도 묻혀버렸을 소리였다. 걱정스러운 표정으로 주변을 살피던 화선 언니에게 이제 자리로 돌아가라고 손짓했다. 그녀의 역할은 여기까지면 충분했다.

펑! 퍼엉! 펑! 나는 꽉 쥔 주먹으로 플라스틱 통을 사정없이 두드리기 시작했다. 잽 같은 건 필요 없었다. 오로지 훅, 그리고 스트레이트를 쉬지 않고 뻗었다. 예전처럼 빠른 펀치는 아니었지만 내가 생각해도 주먹이 묵직했다. 하긴, 이제 웰터급까지 체중이 불었으니.

얼마나 때렸을까? 여전히 사람들은 큰소리로 신과의 접선을 시도하고 있었다. 펑! 퍽! 퍽! 소리가 바뀌었다. 플라스틱 통이 군데군데 부서지기 시작했기 때문이었다. 내 감으로는 라운드 하나, 그러니까 삼 분이 지났다. 격렬하게 뻗던 주먹을 거두었다. 플라스틱 통이 바닥으로 털썩 내려앉았다. 발로 툭툭 건드려도 움직임이 없었다.

통을 두 손으로 잡고 벗겨내자 주저앉은 지영 언니가 나타났다. 잠시 기절했는지, 눈을 뜨고 있었는데도 눈동자가 움직이지 않았다. 그녀 옆에 쭈그려 앉아 뺨을 툭툭 치니 그제야 정신을 차렸는지 나와 눈이 마주쳤다. 귀신을 마주한 것 같은 표정이 됐다. 몸까지 벌벌 떨고 있었다. 마침 음악 소리가 조금씩 줄어들었다. 사람들의 기도와 울음소리, 함성도 함께 수그러들었다.

"회개하세요, 자매님. 앞으로 예배 시간에 자주 뵙겠습니다."

준비한 대사였다. 어리숙하게 말할까 봐 걱정했었다. 내가 그 대사를 그토록 자연스럽게 소화할 줄은 몰랐다. 그녀의 눈을 똑바로 바라보며, 발음도 정확하게 내뱉었다. 구치소에서 들었던 그녀의 위엄 서린 목소리를 떠올리며 연습한 덕이었다. 얼굴이 하얗게 질린 그녀를 바닥에 두고 일어났다.

"어머, 언니! 할렐루야! 정말 뜨겁게 기도했나 봐."

"얼굴 보니까 우리 언니 응답받았나 보네. 사업 더 잘되려나 보다."

기도가 끝나자 지영 언니 주변에 있던 사람들이 그녀를 부축해 일으켰다. 그 모습을 뒤로 하고 태연하게 자리로 돌아갔다.

연주하던 사람들이 퇴장하자 분위기가 바뀌었다. 변호사 아저씨와 비슷하게 생긴 사람이 나와서 기도를 했고, 재소자 중 한 명이 성경을 읽었다. 이어서 목사가 설교를 시작했다. 진부한 얘기였지만 졸음이 쏟아지지는 않았다. 두근거리는 심장이 좀처럼 진정되지 않았다. 커다란 사고를 쳐놓았지만 나는 본래 대담한 사람과는 거리가 멀다.

"너 괜찮아?"

화선 언니가 내 귀에 대고 속삭이며 물었다. 내가 떨고 있다는 걸 눈치챈 줄 알았다.

"뭐가요?"

"손."

그녀 말에 손을 보니 피가 흐르고 있었다. 플라스틱 통이 부서지도록 주먹을 휘둘렀으니 피가 날 만도 했다. 손을 옷 안으로 집어넣어 쓱쓱 닦았다. 목사가 목에 핏대를 세우며 설교를 이어갔다.

"여러분, 바깥세상도 교도소와 같습니다. 세상 모든 사람이 죄인이라 그렇습니다."

우리 엄마가, 애슬이가, 대체 무슨 죄를 지었다는 걸까. 창조주는 왜, 피조물이 죄를 짓도록 놔두었을까. 애초에 자기 뜻을 잘 따르고 착하게 살도록 설계했으면 오죽 좋았을까.

"저는 오늘 교도소 이곳저곳을 둘러보았습니다. 직업 훈련 시설에, 다양한 문화공간도 있고, 운동기구도 있고, 깨끗한 목욕탕도 있었습니다. 따뜻한 밥이 때마다 나옵니다. 저도 여러분과 같이 호박 된장국을 맛있게 먹었습니다. 하지만 여러분, 그렇다고 해서 이곳에 있는 게 기쁩니까? 아니지요? 자유가 없기 때문입니다. 저 높은 담장이 여러분을 가두고 있기 때문입니다. 여러분, 진정한 자유는 무엇일까요?"

홍미로운 얘기는 아니었다. 애초에 설교를 듣기 위해 이곳에 온 것도 아니었다. 이 와중에도 화선 언니는 턱을 괸 채 진지하게 설교를 듣고 있었다. 의미 없이 흘러가는 시간을 아까워하는 성격 탓이다. 참 특이한 사람이다.

지영 언니가 교도관에게 일러바치면 어떤 처벌을 받게 될까? 다른 사람들 눈도 있으니 이르지는 않겠지? 애한테 당했으니 민망하잖아. 게다가 증거도 없어. 나는 분명히 휴지통을 때린 것뿐이니까. 몸에 상처 하나 없을 테고. 그건 걱정할 일이 아니야. 복수할 엄두조차 내지 못하게 하려고 한 거잖아.

아냐, 그래도 한가락 하는 사람이니까, 어떻게든 복수를 하려고 할까? 사람들 얘기 들어보니 젓가락을 갈아서 칼을 만들기도 한다던데. 이제 운동장에도 나갈 수 없는 걸까?

"여러분, 죄로부터 자유로워야 합니다. 죄란 무엇입니까? 주님의 뜻을 거스르는 게 죄입니다. 나를 감옥에 오게 한 누군가를 원망하고 있습니까? 그 사람에게 복수할 생각을 가지고 있습니까? 그 생각이야말로! 큰 죄악입니다. 오늘 본문에 나온 다윗이 자신을 죽이려고 혈안이 된 사울 왕에게 어떻게 했는지를 우리가 알아야 할 필요가 있습니다."

내가 저지른 일의 후폭풍에 대해 골똘하게 생각하고 있을 때, 복수라는 단어가 귀에 들어와 꽂혔다.

"동굴에 들어간 사울은 똥을 누고 있었습니다. 네. 똥 얘기를 하면 이렇게 다들 웃으십니다. 그런데 그 동굴 안에 누가 있었다? 맞습니다. 다윗입니다. 사울은 철천지원수가 칼을 들고 있는 곳에 제 발로 들어간 것이었습니다. 곁에 있던 부하들이 다윗을 꼬드깁니다. 이것이 하나님이 주신 기회라고. 사울의 목을 치면! 이제 그 지겨운 도망자 생활도 끝납니다. 이스라엘의 두 번째 왕이 될 것입니다. 하지만 다윗은 사울의 옷자락만 베었습니다."

마뜩잖았다. 어설픈 복수는 또 다른 복수를 낳고, 그러다 보면 악순환이 된다.

지영 언니로부터 해방되기 위해 많은 방법을 생각했다. 죄송하다고 무릎을 꿇는 것까지도 생각했다. 그러다 기어이 생각해낸 것이 다른 누구도 알 수 없는 방법으로, 감히 대적할 엄두도 내지 못할 수위로 그녀에게 공포감을 주는 것이었다.

"마음이 약해서가 아니었습니다. 다윗은 하나님이 심판하실 것을 믿었습니다. 여러분, 복수는 우리가 하는 것이 아닙니다. 하나님께서는 악을 친히 심판하십니다. 죄로부터 해방되십시오. 그래야 하나님의 자녀답게 살 수 있습니다. 내 마음에 복수심이 있습니까? 지금 이 자리에서 내려놓기를 바랍니다. 기도하겠습니다."

예배가 끝날 무렵이 되자 앞자리에 있던 교도관들이 자리에서 일어나 사방으로 흩어졌다. 줄을 지어 강당에서 빠져나갔다. 지영 언니가 보였다. 눈에 그렁그렁 눈물이 맺힌 채로 물끄러미 주위를 살피다가 나와 눈이 마주치자 잽싸게 시선을 거두었다. 옳거니! 위험을 감수한 전략이 통했다는 것에 쾌감을 느꼈다.

아니나 다를까, 우리 방에 대한 차별은 그날부터 없어졌다. 나 때문에 생긴 일을 스스로 매듭지었다는 게 뿌듯했다. 복싱을 배우기를 잘했다는 생각도 들었다. 그리고 그게 내 착각이었음을 알게 된 건 며칠 뒤였다.

***

소지 이모가 우리가 구매 신청한 매점 물품을 들고 왔다. 그런데 과자 상자에 웬 종이쪽지 하나가 붙어 있었다.

"이게 뭐야?"

현지 언니가 쪽지를 집어 들어 살펴보더니 내게 건넸다. 겉에 내 수인번호가 적혀 있었다. 누군가 내게 보낸 편지였고, 예상할 수 있는 발신자는 교도소를 통틀어 한 명뿐이었다. 쪽지를 펼치니 필체가 엉망인 짧은 글이 나타났다.

"아직도 귀가 먹먹하고 어지럽다. 너를 죽이려고 했다. 하지만 목사님 말씀을 듣고 회개했다. 나는 너를 용서하기로 했다. 하지만 하늘에 계신 하나님께서도 그러실지는 모르겠다. 착하게 살다 나가라."

내용을 읽기 전까지는 가슴이 두근거렸다. 복수, 더 나아가서는 살인을 예고하는 내용이 담겨 있을지도 모른다고 생각했기 때문이었다. 읽고 나자 안도의 한숨과 함께 웃음마저 새어 나왔다. 누가 누구를 용서할 일이냐 같은 건 차치하고, 신을 이용해서 협박하다니.

그녀에게는 신마저 자신이 이용할 수단 중 하나에 불과했다.

면회

가족과 화상 접견만 해도 다들 눈이 벌게져서 돌아오는데, 접견실에서 가족을 만나고 오는 이들은 숫제 눈이 쑥 들어가 있다. 우리 방 사람들은 그런 이들을 부러운 눈으로 바라본다. 내가 들어온 이후로는 화선 언니의 어머니가 아이를 안고 한번 왔을 뿐, 다들 접견을 한 적이 없다. 그러기에 나를 찾아온 이 주임의 말을 듣고도 믿을 수 없었다.

"1251번. 접견 준비하세요."

대체 누구일까 궁금했다. 구치소에서는 여러 번의 접견을 했지만 모두 변호사 아저씨가 찾아온 것이었다. 교도소에 온 뒤에도 아저씨가 영치금을 넣어준 적은 있다. 하지만 마지막 접견에서 그는 분명히 앞으로 만날 일이 없을 거라고 했다.

부랴부랴 얼굴을 씻고 나왔다. 누가 온 것인지 알 수 없으니 기대되기보다는 오히려 불안했다. 내가 알던 사람 중 누구에게도 수의 입은 모습을 보이고 싶지 않았기 때문이다. 아크릴 거울에 비친 내 얼굴을 보며 잠시 멍하니 생각에 잠겨 있었다. 주아가 내 등을 톡톡 쳤다.

뒤로 돌자 그녀가 말없이 검지를 내밀었다. 그녀는 손끝에 묻은 빨간 화장품을 내 입술에 발라주었다. 교도소 안에서는 스킨로션만 쓸 수 있다. 대체 무슨 재주로 틴트를 구했는지 신기할 노릇이었다. 알고 보니 영양제의 캡슐을 녹여서 만든 것이란다.

"준비됐으면 나오세요."

이 주임의 말에 서둘러 찍찍이 운동화를 신고 나갔다. 옅은 화장만 했는데도 예뻐 보이는 이 주임이 부러웠다. 팔다리가 길고 날씬하니 제복이 잘 어울렸다. 누추한 내 수의와 비교되는 깔끔한 감색 셔츠와 검정 바지를 빤히 바라보고 있자 그녀가 말을 건넸다.

"괜찮아. 너 오늘 예뻐."

내 마음을 꿰뚫어 보고 있는 것 같았다.

"누가 왔는지 아세요?"

"알아도 말할 수 없어."

"힌트라도."

"글쎄. 멋진 신사분이 기다리고 계실 것 같은데?"

멋진 신사라. 내가 아는 사람 중에는 없는데. 혹시 소미네 아빠가 찾아왔을까? 그럴 가능성은 아주 낮다. 깔끔한 걸 좋아하는 사람이 이 시골 촌구석까지 찾아와 번거로운 절차를 밟을 리가 없으니까. 무엇보다 나와의 어떤 연결고리도 감추려 했던 사람이 면회 기록을 남기지는 않을 것이다.

접견실에 들어갔다. 교도관이 없는 대신 CCTV와 녹음기가 있었다. 드디어 나를 찾아온 이가 누구인지 알 수 있는 시간이 됐다. 두꺼운 투명 아크릴이 붙은 철창 너머에 앉아 있던 사람은, 할배였다.

"할배! 여기를 어떻게?"

단번에 알아보지는 못했다. 늘 목이 늘어난 러닝셔츠 차림에 목에 수건을 두른 모습이 트레이드 마크였던 그가 멀끔하게 정장을 차려입었기 때문이었다.

"그동안 몸이 많이 불었구나. 너, 그래가지고 플라이급으로 뛸 수 있겠냐?"

"아니, 할배……."

"체육관 처음 들어올 때랑 비슷하네. 운동이란 게 말이야. 멈췄다가 다시 하려면 얼마나 힘든지 알아?"

할배가 왜 복싱 얘기만 하는지, 그 이유를 알 것 같았다. 가슴에서 뭔가 울컥 복받쳐 올랐다.

"할배. 미안해요. 나는……."

"내가 다 확인했다. 하루에 삼십 분만 운동할 수 있다며? 간수들 안 볼 때 방에서도 몰래몰래 운동하란 말이야!"

"어떻게 알고 여기까지 왔어요?"

"체육관은 걱정하지 마. 아니다. 할 말은 해야지. 너 때문에 내가 얼마나 고생하는지 알아? 챔피언이 안 나오니까 관원들도 떨어져 나가잖아."

예능 프로그램에서 하는 '고요 속의 외침' 게임처럼, 서로 다른 말을 하느라 대화가 진행되지 않았다. 할배는 내게 아무것도 묻지 않았다. 그저 출소하면 열심히 운동하자고, 그때까지 안에서 잘 지내라는 얘기를 일방적으로 퍼부었다. 일부러 그랬을 것이다.

"프로 복서가 되겠다고 했지? 그래, 이놈아. 이 고얀 놈! 실업팀은 물 건너갔으니까, 네 뜻대로 프로로 가라. 대신에 죽어라고 해야 돼! 사람들이 뭐라고 하더라도 신경 쓰지 말고, 네 템포대로, 네 스타일대로, 네 게임을 하라고. 무슨 말인지 알지? 너는 인파이터[1]야. 아웃복싱을 하면 안 돼. 맞더라도 저돌적으로! 어? 상대 품으로 파고들어야 이긴단 말이다. 알았지!"

우리 둘에게 주어진 십 분은 순식간에 흘러갔다. 할배는 내가 교도관에게 이끌려 접견실에서 나갈 때까지도 복싱 얘기만 했다. 접견을 마치고 돌아가는 발걸음이 무거웠다. 이 주임을 따라 복도를 걷는데 머리가 자꾸만 지끈거렸다.

"왜? 기대하던 분이 아니었어?"

이 주임이 내 굳은 표정을 보고 물었다.

"아니요. 기대하지도 못했던 귀한 분이었어요."

"그런데 표정이 왜 그래?"

1. 상대에게 적극적으로 붙어 공격하는 복싱 스타일. 반대는 '아웃복서'라고 한다.

"제 표정이 어때서요?"

"울음을 참고 있는 사람 같잖아."

그녀의 말을 듣자 참았던 울음이 쏟아져 나왔다. 할배 앞에서는 우는 모습을 보이고 싶지 않았다. 그래서 터져 나오려는 눈물을 꾹꾹 눌러 참았다. 울음을 너무 참아서 머리가 아팠나 보다.

"1251번. 안아주고 싶지만, 규정상 그럴 수가 없다. CCTV 때문에."

이 주임의 말에 눈물이 더 쏟아졌다. 아예 주저앉아 울어버렸다. 그녀는 내가 다시 일어날 때까지 말없이 기다려주었다.

방에 돌아오니 내 눈이 퉁퉁 부은 것을 보고 다들 놀랐다. 괜찮냐며 다독여주는 그들에게 오히려 미안했다. 접견 오는 사람 하나 없는 외로운 이들에게 위로를 받다니.

눈을 감고 누워도 할배와 나눈 얘기가 자꾸만 떠올랐다.

"할배. 내가 안 그랬어요. 믿어주세요."

"암. 믿지! 그러니까 내가 예까지 왔지, 인석아!"

그는 대체 무얼 봐서 나를 믿는다는 것일까. 내가 복싱하는 게 그에게 어떤 의미가 있기에, 이곳까지 찾아와서 계속 복싱을 하자고 한 것일까.

***

명절이 되면 교도소도 분위기가 바뀐다. 특식이 나오고, 가족과 전화 통화를 신청하는 사람들이 부쩍 늘어난다. 재소자에게 가장 민감한 건 접견이다. 설과 추석 같은 주요 명절에 하는 접견은 급수에 따라 정해진 접견 가능 횟수에서 예외로 친다. 접견 올 사람이 많은 재소자에게는 절호의 기회다.

추석이 다가오자 우리 방 사람들도 하나둘 접견을 다녀왔다. 영은 언니는 사촌들을, 주아는 사회보호사를 만나고 왔다. 현지 언니만 유일하게 부모님을 만나고 왔다. 나를 찾아온 면회객도 있었다. 문제는 그가 태어나서 처음 보는 사람이었다는 것이다.

접견실 의자에 앉아 그와 마주 보았다. 어색한 공기가 흘렀다. 가을답지 않게 더운 날이었는데 비가 오려는지 공기가 축축했다. 상구라는 사람은 흔한 대한민국 아저씨였다. 짧은 머리에 젤을 발라 위로 세웠고, 깃을 올린 피케 티셔츠 위에 등산복인지 작업복인지 단추가 여러 개 달린 조끼를 입었다. 근육이라고는 하나도 없어 보이는 몸에 피부는 거칠었고, 수염이 아무렇게나 자라 있었다.

"학생, 미안해요."

그는 대뜸 내게 사과부터 했다. 대체 왜 그러는지 어리둥절해서 말없이 쳐다보았다. 그러자 갑자기 바닥에 무릎을 꿇었다.

"미안합니다! 정말 미안합니다!"

처음 보는 어른이 무릎을 꿇다니, 정말 당황스러운 일이었다. 대체 내게 얼마나 큰 잘못을 했기에 저러나 싶은 생각이 들었다. 내게 사과할만한 사람이 누구일까? 혹시 우리 엄마와 관련이 있을까? 덜컥 겁이 났다.

“세희가 그렇게 된 건 저 때문입니다.”

“뭐라고요?”

“미안합니다. 곧 다 밝힐 겁니다. 정말 미안합니다.”

그는 미안하다, 다 밝히겠다, 모호한 말만 쏟아놓았다. 내가 미간을 찌푸리고 있자 그는 자리에서 일어나 나를 향해 상체를 기울였다. 아무리 작게 얘기해도 녹음이 된다는 걸 뻔히 안내받았을 텐데, 그는 속삭이듯 말했다.

“그날 차를 운전했던 게 접니다.”

그제야 그가 누구인지 알 수 있었다. 세희 언니를 죽게 만든 교통사고의 범인이었다. 언니는 소미에게 맞고 나서 한동안 주차장에 쓰러져 있다가 정신을 차리고 일어났다. 집에 가는 길에서 차에 치였고, 병원에서 사경을 헤매다가 사망했다. 경찰은 끝내 차량 운전자를 찾지 못했다. CCTV가 없는 외딴곳에 차를 버리고 도망간 데다가 대포 차량이었기 때문이었다.

그 운전자가 지금 내 앞에서 무릎을 꿇고 있다.

“왜 저한테 오셨어요? 저한테 미안하다고 해서 될 일인가요? 세희 언니는요!”

“미안합니다. 서아 학생에게도, 세희한테도, 내가 너무 큰 죄를 지었어요. 그놈의 돈 때문에.”

"돈이요? 그건 또 무슨 소리예요?"

"죗값은 모두 치르겠습니다. 조금만 기다려주세요."

죗값을 치르겠다니, 자수하겠다는 말인가? 판도라의 상자를 열겠다는 것인가? 우리에게 주어진 시간은 고작 십 분이었다. 게다가 말하는 건 모두 녹음되기 때문에 둘 다 조심스럽게 말할 수밖에 없었다. 답답해서 속이 터질 노릇이었다.

"그러니까 아저씨가 한 게, 저지른 일이, 누가 시켜서였다는 얘기죠?"

"맞아요. 나로서는 어쩔 수가 없었어요."

나도 단도직입적으로 묻고 싶었다. '그러니까, 아저씨가 소미네 아빠한테 돈을 받고 세희 언니를 차로 친 건가요?'라고. 하지만 그렇게 대놓고 얘기하면 문제가 커질 수 있다. 그러니 애매한 단어를 사용해야 했고, 단어 사이에 숨은 의미는 각자 해석해야 했다.

세희 언니의 죽음과 관련하여 소미네 아빠는 소미의 대역인 나를 끌어들이기 전에 상구 아저씨를 먼저 섭외했다. 아직은 내 추측에 불과하지만, 세희 언니가 소미의 얼굴을 기억할까 봐 상구 아저씨를 사주해 차로 치어 치명상을 입게 만든 것이다. 그게 내가 파악한 이 사건의 전말이다.

경찰이나 검찰에 가서 입을 여는 순간, 이 아저씨는 바로 살인범으로 잡힐 것이다. 소미네 아빠는 살인을 사주한 혐의를 받을 것이다. 그런데, 과연 상구 아저씨 자백만으로 소미네 아빠의 혐의를 입

증할 수 있을까? 지금까지 진행된 일들을 보면 불가능에 가까운 일이다. 잘은 몰라도 소미네 아빠는 강한 권력을 가지고 있다.

"우리 딸…… 우리 딸을 살려야 했어요."

"아저씨 딸이요?"

"네. 서아 학생하고 나이도 비슷해요. 내가 빚이 많아서. 그 돈을 안 받았으면 우리 딸은 죽었어요. 수술도 받게 해준다고 하고, 대학에 보내고도 남는 큰돈을 얘기하니까……."

"돈 얘기는 듣고 싶지 않아요. 아저씨, 그래서 어떻게 하겠다는 건가요?"

상구 아저씨는 내 말에 대답하지 않았다.

무슨 사연인지는 몰라도, 나는 그가 억울해 할 것이 없다고 생각했다. 상구 아저씨가 사람을 죽였다는 건 엄연한 사실이다. 그 대가로 소미네 아빠한테 돈을 받았고, 딸을 살려냈다.

하지만, 나는? 나는 세희 언니를 때리지 않았다. 소미가 저지른 죄에 대한 벌을 대신 받고 있고, 그 대가로 엄마를 살릴 수 있게 됐다. 그와 달리 나는 지은 죄가 없음에도 소미네 아빠가 한 일을 감춰야 한다. 수술을 기다리며 병원에 누워 있는 우리 엄마가 인질이기 때문이다.

시계를 보니 벌써 접견 시간의 반이 흘러갔다.

"우리 딸 살리겠다고 남의 귀한 딸을 이런 곳에……."

"아니요. 됐어요. 사람 쳤으니까 벌을 받는 거죠."

"세희는 학생한테 맞은 것 때문에 그렇게 된 게 아닙니다."

"그건 저도 안다고요."

세희 언니를 때린 게 소미가 아니라 나라고 알고 있는 걸 보면 상구 아저씨는 역시 소미네 아빠에게 모든 정보를 들은 게 아니다. 역시 그는 이 사건에서 하나의 보조적 수단이었다. 자기 딸이 저지른 일을 들은 소미네 아빠가 확실한 뒤처리를 위해 해결사를 부른 것이다. 세희 언니가 내 얼굴을 보고 소미와 다르게 생겼다고 증언하기라도 한다면 노력이 수포가 되니까.

하지만 CCTV 속에서 비틀거리던 세희 언니는 이미 만취 상태로 보였다. 구태여 그렇게 일을 크게 벌이면서까지 무리할 필요는 없었다. 깔끔함에 대한 소미네 아빠의 병적인 집착이 단순폭행 사건을 살인 사건으로 만들어버렸다. 그 결과로 한 명의 사망자와 한 명의 살인범을 만들었다.

"예전에 셔틀버스 운전을 할 때 모신 분인데. 내가, 제가 평생 운전만 했거든요. 오밤중에 연락이 온 거예요. 그 양반 비서한테. 아이 수술 준비는 잘 되고 있느냐고. 돈 필요하지 않으냐고. 자기가 시키는 대로만 하면 우리 딸 살릴 수 있다는 거예요. 한시가 급하다고 해서 바로 차 시동을 걸었지. 그런데 맨정신에는 도저히……. 술을 마시고 운전대를 잡은 건 처음이었어요. 알려준 장소로 가니까 세희가 보이더라고요. 청바지에 흰 남방. 눈 딱 감고 악셀을 밟았는데, 바로 앞에서는 본능적으로 핸들을 틀게 되더라고."

상구 아저씨는 고해성사하듯 그날 일을 내 앞에서 털어놓았다. 그의 눈동자에는 핏발이 서 있었다.

"서아 학생이 알아야 할 것 같아서."

"뭐가 달라지는데요?"

"예?"

"제가 알면요, 저한테 말하면, 도대체 뭐가 달라지느냐고요."

상구 아저씨는 대답을 하지 못했고, 접견은 그렇게 끝이 났다.

접견실에서 나와 방으로 돌아가기 위해 이 주임과 함께 복도를 걸었다. 그가 대체 어떻게 죗값을 치르겠다는 건지 알 수 없었다. 상구 아저씨가 자신이 한 일을 밝힌다고 해도 소미네 아빠에게 영향을 주지는 못할 것이며, 더군다나 나와는 아무런 상관이 없다. 왜 나를 찾아왔을까?

엄마 수술이 끝났다면 또 모르겠다. 그랬다면, 나도, 내가 뒤집어쓴 누명을 풀 수 있을까? 아무래도 힘들 것 같다. 나와 소미가 역할을 바꿨다는 사실을 아는 건 나와 소미네 아빠, 변호사 아저씨가 전부다. 둘 사이의 거래에 대한 아무런 물리적 증거도 없다. 증명하려면 세희 언니가 당한 시간에 내가 다른 곳에 있었다는 증거가 필요하다.

그런데 그때 내가 뭘 하고 있었는지 도무지 기억이 나지 않는다. 저녁 시간이니까 체육관에 있거나 집에 있었을 텐데, 그 주변에는 CCTV가 없다. 있다고 해도 벌써 오랜 시간이 지났으니 기록이 남아 있을 리가 없다. 휴대폰에 있는 위치 정보가 증거가 될까? 모르겠다.

게다가 가장 큰 난관은 CCTV 속 주인공이 내가 아니라 소미라는 걸 증명해야 하는 책임이 온전히 나에게만 있다는 것이다. 그건 불가능하다. 만에 하나 누명을 벗는다고 해도 문제다. 변호사 아저씨가 말하기를 법정에서 위증하는 건 심각한 범죄라 중한 처벌을 받는다고 했다. 어찌 됐건 나는 범죄자 신세를 면할 길이 없다.

***

학교에서는 공부 잘하는 학생이, 체육관에서는 운동 잘하는 사람이 인정받는다. 교도소에서는 아예 옷 색깔로 구분한다. 모범수들은 우리와 달리 분홍색 수의를 입는다. 바지에 주머니도 달린 옷이다. 주로 단기형을 받은 사람이 선발되는데, 장기수 중에서도 복역 기간이 꽤 되고 얌전히 생활한 사람이라면 기회가 주어진다.

모범생은 교사와 학부모들이 좋아할 뿐 아이들 사이에서는 인기 없는 경우가 많다. 모범수는 그와 다르다. 교도관이 좋아하는 건 물론이고 다른 재소자들에게도 부러움의 대상이 된다. 방장이 될 수 있고, 면회 횟수가 늘어나고, 직업 훈련에서 원하는 과정을 먼저 고를 수 있는 혜택이 있지만, 무엇보다도 형기를 마치기 전에 가석방으로 나갈 수 있어서다.

교도소에서도 차례를 지낸다. 차례상에는 모범수만 참여한다.

그래도 추석이라고 나온 특식은 모두에게 돌아갔다. 연휴 첫날에는 백설기가, 추석 당일에는 송편이, 연휴 셋째 날인 토요일에는 옥수수가 나왔다. 사람마다 취향이 달라서 화선 언니는 백설기를, 현지 언니와 지민 언니는 송편을, 나와 영은 언니는 옥수수를 가장 좋아했다.

추석 연휴가 끝나자 신기하게도 기온이 뚝 떨어졌다. 낮에도 슬슬 추워지기 시작했다. 잘 때 양말을 신는 사람이 하나둘씩 늘어났다. 한겨울이 되면 방안에서 입김이 나오던 집에 살았기에 웬만한 추위는 잘 참던 나조차 찬물로 씻는 게 슬슬 고역으로 느껴졌다.

연휴가 끝난 토요일, 이 주임이 아침부터 나를 찾았다. 접견 온 사람이 있다는 것이었다. 할배와 상구 아저씨가 왔을 때 그랬지만, 이번에도 누가 왔을지 예상할 수 없었다. 접견실에 들어가자마자 나는 두 손으로 얼굴을 가리며 비명을 지를 수밖에 없었다.

"아서왕! 왜 그래, 얼굴 보여줘!"

줄곧 네 자리 숫자로 불리다가 아서왕이라는 별명을 들으니 나도 모르게 웃음이 나왔다. 반 친구 네 명이 내 앞에 나타난 건 마법 같은 일이었다.

"니들이 여기까지 어떻게 왔어?"

우리는 서로를 가로막은 아크릴판을 손으로 두드리면서 다급하게 대화를 시작했다.

"담임쌤이 태워다줬어."

"쌤은 왜 안 들어오셨어?"

"그게! 여기 네 명까지만 들어올 수 있다잖아! 아저씨들이 아무리 부탁해도 안 들어줘. 짜증 나."

"그랬구나. 쌤한테 감사하다고, 아니, 죄송하다고 꼭 전해줘."

아무리 친구라고 해도, 사람 죽인 혐의로 감옥에 들어온 내가 무섭지도 않나 보다. 나 같으면 교도소라고 쓰여 있는 팻말을 보는 순간부터 무서워서 얼어붙었을 텐데. 우리는 꺅꺅 소리를 지르며 격렬하게 안부를 주고받았다.

학교에서는 이제 곧 2학기 중간고사가 시작될 예정이란다. 반장인 예진이는 8월 모의고사에서 전국 500등 안에 들었고, 내 짝이었던 유미는 축구를 하다가 발가락이 부러져서 목발 신세라 같이 못 왔다고 했다. 잘생긴데다 총각이라 인기가 많았던 영어 선생님이 연말에 결혼한다고 해서 학교가 뒤집혔고, 축제 때 댄스동아리 애들이 블랙핑크 춤을 췄는데 옷이 너무 야해서 나중에 교무실로 끌려갔다는 얘기들, 정말 여고생다운 내용이었다.

교복 대신 수의를 입은 뒤로는 내가 십 대라는 느낌이 들지 않았다. 나를 위해 일부러 그랬는지, 친구들은 토요일인데도 교복을 입고 왔다. 목소리를 높여가며 별 영양가 없는 얘기를 주고받다 보니 비로소 내가 아직 열일곱 살이구나 하는 생각이 들었다.

아이들은 여기서 얼마나 힘드냐고, 지낼 만은 하냐고, 괴롭히는 사람은 없느냐고 물었다. 여럿이 동시에 말하는 경우가 많아 정신이 없었다. 나는 밥 잘 먹고 건강하게 있으며, 다 착한 사람들이라—착한 사람이 교도소에 왜 왔겠느냐만—불편함 없이 잘 지내고 있다고 했다.

"뭐가 제일 먹고 싶어?"

"라면!"

"라면? 라면은 여기서도 먹을 수 있다던데?"

"컵라면 말고. 팔팔 끓인 라면."

나는 원래 라면을 좋아하는 편이 아니었다. 집에 달리 먹을 게 없을 때나 끓여 먹었다. 교도소에 오니 컵라면을 자주 먹게 됐는데, 먹을 때마다 집에서 끓여 먹던 봉지라면이 그리웠다.

"그런데 너 살쪘다?"

"얘는, 쓸데없이 그런 말을."

친구 둘이 티격태격하는 꼴이 우스웠다.

"괜찮아. 나 여기서 살 엄청 찐 거 맞아. 은별이는 이게 익숙할걸?"

은별이는 나와 같은 중학교를 나왔다.

"아니거든? 그때는 더 심했지. 중학교 때는 키도 한참 작았잖아."

"은별, 진짜야? 지금보다 심했다고?"

"맙소사. 아서왕처럼 나도 복싱 배워야겠다. 긁지 않은 복권이었을 수 있잖아."

여기저기 통통 튀는 대화 때문에 어지러울 지경이었다. 이번에도 십 분은 후딱 지나갔다. 애들은 아쉽다고 아크릴판을 손바닥으로 팡팡 치기도 했고, 내게 손으로 하트를 날려주기도 했다. 접견실에서 나올 때는 가지고 있던 에너지를 모두 소진해서 다리가 후들거렸다.

"오늘은 서아가 기분이 좋아 보이는데?"

"네. 학교 친구들이 왔어요."

"여고생들이라니. 옛날 생각나네. 여고 다닐 때는 내가 이런 일을 할 줄 몰랐는데."

"저도 제가 이런 곳에 있을 줄은 몰랐네요."

내 말에 이 주임이 한 박자 늦게 웃었다.

내가 밝은 표정으로 방에 들어오자 다들 누가 왔느냐며 궁금해했다.

"같은 반 친구들이 왔어요."

"어머, 반가웠겠네."

책을 보고 있던 화선 언니가 눈을 반짝이며 말했다.

아이들은 얼굴만 비추고 간 게 아니었다. 속옷, 운동복, 이불, 영치품이 계속 들어왔다. 문득 초등학교 시절이 생각났다. 장마 때문에 이재민이 발생했다고 불우이웃돕기 성금을 걷어갔다. 나도 주머니 속에 있던 천 원짜리 지폐 한 장을 냈다. 정작 우리 집이 물에 잠겼던 때라 그 돈을 내는 게 억울하게 느껴졌다.

몇 주 뒤 우리 집에 하회탈을 쓴 것처럼 내내 웃는 표정을 유지하는 사람들이 찾아왔다. 옷과 이불, 쌀 같은 구호품을 마당에 내려놓더니 나와 여러 장의 사진을 찍고 돌아갔다. 나와 엄마에게 필요한 물품들이기는 했다. 하지만 우리에게 그보다 절실했던 건 방까지 밀려 들어온 진흙을 치우는 일이었다. 진흙을 다 치운 날, 마당에 놓인 구호품을 들여놓으려 했다.

"엄마야, 아이고! 서아야, 큰일이다. 이거 어떻게 하면 좋지?"

"엄마, 왜! 무슨 일이야?"

"바닥에서 습기 올라와서 그런가 보다. 이거 아까워서 어떻게 하니."

엄마가 손에 든 옷과 이불에는 온통 곰팡이가 피어 있었다. 햇볕에 말려봐도 소용이 없었다. 곰팡이 모양이 무서워서 엉엉 울다가 시끄럽다고 엄마한테 혼났다. 쌀에도 벌레가 들끓었다. 마당에 김장 비닐을 펴고 그 위에 쌀을 부은 뒤 벌레 먹은 걸 하나씩 골라내느라 고생했다.

나중에 크면 아무리 비가 와도 침수되지 않는 높은 아파트에 살겠다고 다짐했다. 도움이 필요한 사람이 아니라 남을 도울 수 있는 사람으로 자라겠다고 마음먹었다. 하지만 몇 년 만에 나는 또 도움이 필요한 사람이 되어버렸다.

그날 저녁, 나는 영치금으로 우리 방에 훈제 치킨을 돌렸다. 또 혼자만 면회하고 온 게 미안했기 때문이었다.

"캬! 이건 진짜 맥주각인데."

영은 언니의 말에 화선 언니도 입맛을 다셨다. 맥주 대신 페트병에 든 콜라를 돌아가며 마셨다. 입이 짧은 주아도 훈제 치킨만큼은 잘 먹었다. 남이 맛있게 먹는 모습을 보는 게 이렇게 흐뭇한 일인 줄 몰랐다.

"그런데 이거 먹으니까 진짜 치킨이 먹고 싶다. 왜, 있잖아. 바삭바삭하게 튀김옷 입힌 거."

현지 언니가 뱉은 말에 방안이 조용해졌다.

시원한 맥주 대신 미지근한 콜라, 프랜차이즈 치킨집의 바삭한 프라이드 치킨 대신 미끄덩한 훈제 치킨. 우리가 교도소 안에서 누릴 수 있는 최고의 사치는 모두 무언가의 대체품이었다. 그때까지 맛있게 먹던 훈제 치킨이 보잘것없어 보였다.

"닥치고 그냥 먹어. 얻어먹으면서 뭘 그렇게 말이 많아?"

화선 언니가 쏘아붙이자 현지 언니가 입을 삐죽였다.

잠자리에 누우니 오전에 봤던 반 친구들 얼굴이 어른거렸다. 아이들은 아직 TV를 보고 SNS를 하면서 토요일 밤을 보내고 있을 것이다. 누군가는 라페나 웨돔 같은 번화가를 서성이기도 할 것이다. 그러다 곧 포근한 침대에 눕겠지. 침대도 없는 딱딱한 교도소 바닥에서 잠들 내가 딱하다고 생각하면서. 하지만 사실 나는 집에서도 침대를 가져본 적이 없다.

내가 출소하면 아이들은 다들 예쁜 옷을 입고 캠퍼스를 누비고 있을 것이다. 나는 어떻게 되지? 복학 신청을 해야 하나? 재학생이 감옥에 가는 경우 어떤 조치를 할 것인지도 교칙에 적혀 있던가? 다시 입학해야 하나? 머릿속이 복잡해졌다. 나는 복잡한 걸 싫어한다. 우울해지기 때문이다. 흔히 교도소를 학교라고 한다. 하지만 진짜 학교는 아니다. 수의가 교복이 아니듯.

***

세 번째 접견 이후 친구들에게 가끔 편지가 왔다. 하지만 나는 답장을 하지 않았다. 아이들로부터 지워지고 싶었다. 같은 교실에 있던 친구가 교도소에 있다는 걸 빨리 잊게 해주고 싶었다. 고등학생이 겪기에 좋은 추억은 아니기 때문이었다.

네 번째 접견은 아이들이 왔다 가고 두 달이 지난 뒤에 있었다. 점심을 먹고 운동장을 돌고 있는데 하늘에서 하얀 가루가 내리기 시작했다. 그해의 첫눈이었다. 눈을 보자 다들 얼굴에 환한 웃음을 지었다. 운동 삼아 내리는 눈을 잽으로 때렸다. 주먹이 느렸다. 몇 번 휘두르지도 않았는데 겨드랑이에서 땀이 났다.

"1251번. 접견 준비하세요."

이 주임이 야간근무인 날이어서 오 주임이 나를 찾아왔다. 중학생 아들을 둔 오 주임은 유도 국가대표 상비군 출신이다. 덩치 큰 강력범 둘이 운동장에서 기 싸움을 하다 제대로 한판 붙었는데, 오 주심이 달려가 눈 깜짝할 사이에 모두 바닥에 메다꽂았다는 얘기가 전설처럼 전해진다.

평소 말수가 없는 그녀가 복도 창문 밖으로 떨어지는 눈을 보며 내게 말을 걸었다.

"1251번. 첫눈이 왔는데 누가 면회 왔을까? 첫사랑이 왔으면 좋으려나?"

"저 아직 첫사랑 안 해봤는데요."

"진짜? 우리 아들은 발랑 까져서 벌써 집에 여자친구를 데려와."

첫눈 때문이었을까? 오 주임의 표정이 밝았다. 그녀가 사적인 얘기를 하는 건 정말 드문 일이었다.

"입 벌리고 눈 받아먹던 어릴 때가 좋았는데. 자, 1251번. 접견실 들어가세요."

접견실에 도착하자 오 주임이 문을 열어주었다.

상대와 눈이 마주쳤다. 그리고 나는 다리에 힘이 풀려 의자 위로 풀썩 주저앉았다.

"나쁜 년……."

잔뜩 화가 난 표정의 애슬이였다.

"미안해."

"너, 아니지?"

"뭐가?"

"네가 그런 거 아니지? 말해봐."

나는 그녀의 얼굴을 제대로 쳐다볼 수 없었다. 부끄러움을 넘어선 낯선 감정이 밀려왔다.

"말하라고! 내 눈 똑바로 보고! 무조건 아니라고 말하라고!"

그녀가 소리를 질렀다. 목소리가 떨리는 게 느껴졌다. 울고 있는 것 같았다.

"아니야."

"정말이지? 너 아니지?"

"아니야, 애슬아. 정말 아니야."

"몸은 좀 어때?"

아니라는 대답을 듣자 그녀의 목소리가 비로소 내가 아는 톤으로 돌아왔다. 얼마나 그리웠던 목소리인가. 얼마나 보고 싶던 눈동자였나. 엄마 다음으로 보고 싶던 사람, 보고 싶어서 울게 만든 사람. 애슬이를 이런 곳까지 오게 하다니. 비참했다.

"괜찮아."

"살쪘어, 너. 운동 안 해?"

"할 거야."

"복싱 포기한 거 아니지?"

"아니야. 복싱 다시 할 거야."

할배 역시 내게서 복싱 다시 하겠다는 다짐을 몇 번이나 받아내고 돌아갔다. 하지만 그렇게 약속한 뒤에도 운동을 시작하지 못했다. 어디부터 어떻게 해야 할지 엄두가 나지 않았다. 글러브도 샌드백도 없는 교도소에서 맨주먹을 휘둘러봤자 뭐가 달라질까 하는 생각도 있었다.

본래 난 무엇에도 대단한 의욕을 가지는 법이 없었다. 애슬이가 다이어트에 좋다고 추천해서 시작한 복싱이지만, 시작하자마자 포기하고 싶었다. 계속할 수 있었던 건 순전히 재미 때문이었다. 내 몸이 내가 마음먹은 대로 움직인다는 게 신기했고, 그게 매일 나아지니까 재미있었다.

"미안해. 내가 너무 늦게 왔지."

애슬이가 갑자기 아이처럼 울기 시작했다. 그녀의 커다란 눈에서 눈물이 뚝뚝 떨어졌다. 그 모습을 보자 나도 눈물이 났다.

"아니야. 아니야, 애슬아. 내가 미안해."

"나는…… 그냥…… 너를 못 믿어서가 아니라……."

"알아. 괜찮아. 미안해."

"너는…… 여기에서…… 이렇게 고생하는데…… 나는…… 혼자 잘되겠다고……."

애슬이는 눈물 콧물을 쏟으며 애달프게 울었다. 눈물을 닦아주고 싶었다. 안아주고 싶었다. 하지만 가림막이 우리 사이를 막고 있었다.

"아니야. 내가 잘못했어. 너한테는 말해줬어야 했는데……."

"내가 미안해. 이제야 왔어. 우리 서아가…… 얼마나 외로웠을까. 미안해."

얼마나 울었을까. 서러운 눈물을 한참 동안 쏟아낸 우리는 시간이 얼마 남지 않았음을 깨달았다. 애슬이가 눈물을 쓱 닦더니 랩 하듯 빠르게 말했다.

"나 다음 주부터 드라마 들어가. 그래서 더 바빠져. 그래도 시간 날 때마다 면회 올게."

"아니야. 오지 마. 정말이야. 네 일 열심히 해. 나는 그게 더 좋아. TV 보면서 응원할게."

"너, 약속 꼭 지켜. 복싱 포기하기 없기야. 약속 안 지키면 내가 너 죽여버릴 거야."

"알았어. 너도 약속 지켜. 아무리 힘들어도 다 이겨내서 멋진 가수 되기로 한 거. 내가 네 팬클럽 회장 하기로 했잖아."

나 역시 그녀 못지않게 빠르게 말했다. 둔한 내가 그렇게 빨리 말할 수 있을 줄 몰랐다.

"알았어. 노래 연습 열심히 하고 있다고. 맞다! 필요한 거 있으면 말해. 언니가 다 사줄게."

"나 필요한 거 없어. 아! 네 사진 보내줘. 사진 한 장 안 가지고 와서 진짜 슬펐어."

"보내줄게. 백 장 보내줄게. 너 엄마 사진도 안 가지고 있지? 너랑 아줌마랑 찍은 사진도 보내줄게. 네가 카톡으로 보낸 거."

"고마워. 그리고 너 생리통 심할 때 찜질 꼭 해. 여기 언니들한테 배운 건데, 그거만큼 좋은 게 없어."

질질 짜던 둘이 갑자기 세상에 둘도 없는 똑순이가 됐다. 미리 준비한 것도 아닌데 하고 싶던, 해야 할 말만 골라 서로에게 쏟아냈다. 삼 분 동안 단 일 초도 쉬지 않았다.

"이제 나 들어가야 해. 애슬이 너 요즘도 잠 못 자서 힘들면 병원 가서 수면제 타 먹어. 그거 위험한 거 아니래. 잘 조절하면 괜찮대."

"알았어. 날 추워지니까 운동할 때 몸 충분히 풀고 해. 씻고 나오면 감기 안 걸리게 잘 말리고 자."

애슬이는 그새 매니저도 생겼다고 했다. 자신의 오랜 꿈에 조금씩 가까워져 가는 그녀를 친구로 둔 게 자랑스러웠다. 교도관이 와서 떼어낼 때까지, 우리는 가림막에 손바닥을 대어 서로의 체온을 느끼며 얘기를 이어갔다. 교도소에 들어온 뒤로 가장 행복한 날이었다.

복도를 걷던 오 주임의 걸음이 느려졌다. 나도 그녀를 따라 천천히 걸었다. 창밖에는 여전히 눈이 내리고 있었다. 오 주임이 나를 찬찬히 훑어보더니 다시 말을 건넸다.

"1251번. 첫사랑이 찾아온 게 맞는 거 같은데? 표정이 왜 그렇게 밝아?"

"진짜였네요. 사랑하는 사람이 왔어요."

"거봐. 예감이 좋았다니까? 좋겠다. 나도 첫사랑을 다시 본 적이 있거든? 동창회에서. 머리가 발랑 까졌더라. 배도 나오고. 엄청 후회했어. 보지 말걸."

첫눈은 오래도록 내렸다. 저녁을 먹을 때도 그치지 않았다.

첫눈과 함께 애슬이가 왔다. 아마 죽을 때까지 이날을 잊지 못할 것이다. 헤어지기 직전까지도 자꾸 내게 미안해하고, 도울 방법을 고민하던 그녀에게 나는 진심을 담은 마지막 말을 건넸다.

"애슬. 나를 구원하려고 하지 말아줘. 나를 도울 방법을 고민하지 말아줘. 떨어져 있어도 넌 항상 내 곁에 있어. 다시 만날 때는 따뜻한 눈빛으로 나를 바라봐 줘. 지금처럼. 나는 그거면 돼."

내 말에 애슬이는 "사랑해"라는 말을 남겼다. 나를 사랑해주는 친구를 위해, 나는 나를 포기하지 않기로 했다. 운동을 시작했다.

귀휴와 범털

통제된 곳에서 단체생활을 하기 때문인지 군대와 교도소는 비슷한 게 많다. 가족이 면회를 오기도 하고 휴가를 받아 나가기도 한다는 점 역시 그렇다. 면회를 접견이라고 표현하듯, 교도소에서는 휴가를 '귀휴'라고 부른다.

귀휴를 받으려면 교정 성적부터 복역 기간까지 모두 조건에 맞아야 한다. 하지만 그것과 상관없이 나갈 수 있는 특별 귀휴가 있다. 말 그대로 특별한 일이 있을 때 휴가를 주는 것이다. 크리스마스를 앞에 두고 특별 귀휴를 받아 바깥세상으로 나오게 됐다.

반년 동안 비워둔 집은 스산했다. 요금을 안 내서 끊어놓은 건지 전기도, 물도 들어오지 않았다. 씻지도 못하고 옷만 갈아입고 나왔다. 집 앞에서 기다리고 있던 이 주임이 나를 보고 놀란 표정으로 담배를 땅에 떨어뜨렸다.

"서아야, 왜 이렇게 일찍 나왔어?"

"못 씻었어요. 물이…… 안 나와요."

"씨발……. 괜찮아. 빨리 타."

다시 이 주임의 경차에 몸을 실었지만, 마음이 편치 않았다. 운전경력이 7년이라면서 일산까지 오는 동안 세 번이나 아찔한 상황을 겪었기 때문이다. 교도소 안에서 보던 모습과 교도소 밖, 특히 운전석에 앉은 그녀의 모습 사이에는 커다란 괴리가 있었다.

교도소에서 나와 첫 번째 커브 길을 틀 때부터 불안했다. 길이 다 얼어붙었기 때문에 그랬겠지만, 차가 바깥쪽으로 밀리면서 나뭇가지들이 조수석 쪽 유리창을 때렸다. 사고가 난 줄 알았는데, 이 주임은 욕 한마디를 내뱉고는 아무렇지 않은 듯 되레 가속 페달을 밟았다.

두 번째는 고속도로 휴게소에 들러서였다. 우동 한 그릇씩을 해치운 뒤 소떡소떡을 먹은 것도 모자라서 감자 버터구이와 아메리카노를 하나씩 들고 차에 탔다. 차 계기판을 한참 살피던 그녀가 노란색 경고등이 왜 켜진 거냐며 내게 물었다. 당연히 나는 아는 바가 전혀 없었다.

"저기 정비소에 가서 물어보면 되지 않을까요?"

"그래. 역시 서아! 아주 그냥, 똑순이야!"

정비소에 가니 타이어 공기압 부족이라며, 겨울철에 흔히 있는 일이라고 했다. 공기 주입기로 바람을 넣자 비로소 노란 등이 꺼졌다. 일산까지 가야 하니 이참에 기름도 가득 넣겠다며, 바로 옆에 있는 주유소에 들렀다.

카드로 계산한 뒤 나와 대화를 나누던 그녀가 시동을 걸고 출발하려고 하자 차 뒤 트렁크에서 쿵쿵거리는 커다란 소리가 났다. 깜짝 놀란 나와 그녀는 동시에 꺅 소리를 질렀다. 그러자 성난 표정을 한 주유소 직원이 운전석으로 다가와 고래고래 소리를 질렀다.

"이봐요! 주유하다 말고 출발하려고 하면 어떻게 합니까!"

알고 보니 아직 주유구에 노즐을 꽂은 채였다. 이 주임은 미안하다고 싹싹 빌었다. 나는 이 차 안에 앉아 있는 게 결코 안전한 일이 아니라는 걸 깨달았다. 언제라도 조수석 손잡이를 잡을 수 있도록 오른팔을 창문에 댄 체 일산까지 왔다.

세 번째 위기는 일산에 진입한 이후였다. 일산은 손바닥 보듯 훤하다고 자신하던 그녀가 왜 이렇게 차가 막히냐며 툴툴거리기 시작했다. 우회전 깜빡이를 켜 놓고 한동안 기다렸다. 왼쪽에 있는 직진 차선은 텅 비어 있었다. 추운 날씨였지만 히터를 틀어놓은 데다가 밝은 햇빛이 창으로 들어와 졸음이 쏟아졌다. 고속도로를 달리는 동안 쌓였던 긴장이 풀려 더욱 졸렸다.

깜빡 졸다가 고개를 들었다. 옆을 보니 이 주임은 당황한 표정이 역력했다. 그 표정에 덩달아 불안해져 차 앞을 확인했다. 마트에서 쓰는 카트를 든 사람들이 줄지어 지나가고 있었다. 코스트코 주차장에 진입하려는 차량과 같은 줄에 서 있던 것이다. 우여곡절 끝에 도착한 우리 집은 겉모습부터 을씨년스러웠다.

내 귀휴에 동행하게 된 이 주임은 딱 달라붙는 청바지에 검은색 터틀넥 차림이었다. 제복도 잘 어울렸지만, 사복을 입으니 발랄한 아가씨처럼 보였다. 거기에 운전할 때는 욕도 자주 하고, 담배까지 피우는 모습이 내게는 충격이었다. 아무튼 그녀 덕분에 무사히 일산까지 올 수 있었다.

집에서 나온 나를 태우고 향한 곳은 찜질방이었다. 주차장에 차를 대고 엘리베이터를 탔다. 내가 씻는 동안 자기는 밖에서 따로 볼 일이 있다고 했다. 옷을 벗고 사우나에 들어갔다. 뜨끈한 탕에 들어가니 그동안 쌓인 피로가 모두 풀리는 듯했다. 하지만 앞으로 며칠간 어떤 일을 겪을지 생각하니 아찔했다. 눈물도 나지 않았다.

***

나는 닷새간의 특별 귀휴를 받았다. 그 사실을 알게 된 것은 전날 오후였다. 폐방 전에 오 주임이 우리 방으로 찾아왔다. 면담이 있다며 나를 불러냈다. 신청한 적이 없는데 갑자기 면담이 잡힌 게 의아했다. 게다가 교도소장이 상대라고 했다.

—똑똑!

수많은 문을 거쳐 교도소장실 앞에 섰다. 복싱 챔피언이 되어 교장실을 방문했을 때보다 긴장이 됐다. 문이 열렸다. 침을 꼴깍 삼키며 안으로 들어갔다.

"어. 왕서아 양. 이리 와서 앉아요."

먼발치에서 두어 번 봤던, 번들번들한 얼굴의 교도소장이 나에게 손짓을 했다. 꾸벅 인사를 한 뒤 포근해 보이는 갈색 소파에 가서 앉았다. 커다란 창문 때문에 사방이 훤히 보이는 방이었다. 창살이 없다는 게 가장 먼저 눈에 들어왔다. 따뜻한 커피가 나왔다. 교도소장이 어서 들라고 하며 호로록 커피를 마셨다.

"서아 양이 여기 온 지 벌써 육 개월이나 됐나?"

"네."

"나하고 동기니까. 나도 같은 날 여기 왔잖아."

공감대를 형성하려고 한 말이겠지만 고깝게 들렸던 게 사실이다. 고개를 숙인 채 수갑을 차고 들어온 사람과 수많은 간부의 환영을 받으며 이 넓은 방에 입성한 높으신 분이 어디 같은가.

"에…… 갑자기 불러서 조금 놀랐지?"

"네. 무슨 일이신지."

"아, 편하게, 편하게. 커피도 좀 마시고."

한가롭게 커피가 입에 들어갈 상황은 아니었다. 이 교도소에서 가장 높은 자리에 있는 사람이 잡담이나 하자고 나를 불렀을 리는 만무했다. 아니나 다를까. 편하게 있으라고 한 지 몇 초도 되지 않아 그가 본론을 꺼냈다. 높은 사람들은 아랫사람이 잠시라도 편하게 있는 꼴을 못 본다.

"어머니가. 연세가 꽤 많으시더라고?"

"저를 늦게 낳으셨어요."

"어머니가…… 돌아가셨다고 하네. 조금 전에."

"네?"

손가락에 힘이 빠져서 들고 있던 커피잔을 떨어뜨렸다. 커피가 테이블 위를 따라 흐르다 꽤 비싸 보이는 카펫 위로 떨어졌다. 교도소장이 순간적으로 인상을 찌푸리는 것을 보았다. 당황해서 어찌할 바를 모르다가 테이블 위에 있는 티슈를 뽑아 흘린 커피를 닦았다.

"아, 괜찮아. 괜찮아. 나중에 닦으면 되니까. 그래서……."

"어쩌다 그렇게 되셨대요? 수술받다가 그런 거예요?"

"아니야, 아니야. 의료사고 같은 건 아니라고 하더라고. 지병이 있으셨다면서?"

지병이 있었다. 그 지병을 고치려고 내가 이곳까지 오게 된 것이다.

"그래서 말인데. 특별 귀휴라는 게 있어. 그, 귀휴시행규칙 2조를 보면……."

쉽게 말해 부모님이 돌아가신 수형자에게 휴가를 보내주는 규정이 있다는 설명이었다. 바로 보내줄 수 없는 건, 귀휴 심사위원회를 소집해 심의를 거쳐야 하기 때문이라고 했다. 그래서 나는 어머니가 돌아가신 다음 날 새벽, 교도소 밖으로 나왔다.

다른 사람이 아닌 이 주임과 동행하게 된 게 다행이었다. 그녀에게 나는 스쳐 지나가는 수많은 죄수 중의 한 명이겠지만, 내게 그녀는 여러모로 고마운 어른이었다. 고속도로 휴게소를 굳이 들른 것도 나를 위한 것이었다. 운전을 조금 잘했으면 더욱 좋았으련만.

***

장례식장에 도착하자마자 팔에 완장을 차고 머리에 핀을 달았다. 염습과 입관이 끝나자 달리 할 일이 없었다. 애슬이에게만큼은 전화로 알려야 하나 싶었지만 참았다. 드라마 때문에 한창 바쁠 텐데, 내 연락을 받으면 어떤 무리를 해서라도 올 것이 분명해서였다. 나중에 조금 혼나는 게 낫겠다고 생각했다.

조문객이라고는 비닐하우스 농사를 크게 하는 김 사장님, 엄마가 해준 밥을 먹었던 외국인 노동자들과 할머니들이 전부였다. 그들은 오래 앉아 있지도 못하고 일하러 돌아갔다. 나는 아무도 없는 빈소를 지키다가 유족 휴게실에 가서 눕기도 했다. 그럴 때는 이 주임 언니가 나 대신 빈소를 지켜주었다.

내가 엄마의 죽음에 대해 생각한 지는 꽤 오래됐다. 병원에 입원했을 때는 이미 엄마 얼굴에 죽음의 그림자가 드리워진 지 꽤 지난 뒤였다. 현대 의학의 놀라운 힘을 믿었기에 이식 수술에 기대를 걸었다. 하지만 엄마는 수술대 위에 올라가 보지도 못하고 죽었다.

귀휴 이틀째 날에는 이 주임 언니와 육개장을 먹고 화장터에 갔다. 엄마가 들어간 관이 뜨거운 불 속으로 들어갈 때는 그동안 참았던 눈물이 흘렀다. 바닥에 주저앉아 울었다. 내가 탈진할까 봐 이 주임 언니가 생수를 사다 주었다. 엄마는 두 시간 만에 하얀 가루가 되어 나왔다.

내가 가장 슬프고 서러웠던 점은 엄마 영정사진이 주민등록증에 있던 낡고 초라한 사진이었다는 것이다. 진작에 사진 한 장이라도 인화해 둘 것을. 애슬이가 알려준 대로, 엄마와 함께 활짝 웃는 모습을 찍을걸. 영정사진 속 엄마는 잔뜩 굳은 표정이었다. 엄마의 고된 삶을 대변하는 표정이라서 더 싫었다.

장례를 치르면서 이 주임 언니를 빼고도 두 어른의 도움을 받았다. 한 명은 김 사장님이었고, 다른 한 명은 변호사 아저씨였다. 모습을 드러내지는 않았지만, 변호사 아저씨는 아무것도 모르는 내가 모든 절차를 마칠 수 있도록 뒤에서 조치해주었다. 장례식을 마치고 무엇을 해야 하는지도 문자로 알려주었다.

유골함을 들고 집에 돌아왔다. 김 사장님이 조치해준 덕분에 집에 물과 전기가 들어왔다. 이 주임 언니가 눈 좀 붙이고 쉬라고 했지만 그러기 싫었다. 방을 대충 정리한 뒤 주민센터에 들러 사망신고를 했다. 굳이 내가 안 해도 교도소장이 할 수 있다고 했지만, 엄마와 관련된 모든 일은 내 손으로 처리하고 싶었다. 쉬는 건 교도소에 돌아가서도 얼마든지 할 수 있으니까.

이틀 동안 나와 함께 장례식장에서 지내느라 이 주임 언니도 고생이 많았다. 내가 혼자 자기 무서워할 것 같았는지 우리 집에서 함께 자겠다고 하기에 등을 떠밀어서 내보냈다. 엄마하고 마지막 밤을 보내고 싶다고 하자 알겠다며 차에 올라탔다. 수시로 문자를 주고받기로 약속하고, 그녀는 안양에 있는 부모님 댁으로 향했다.

"엄마, 나 보고 있어?"

원래는 엄마와 함께 찍은 사진을 걸어두려고 했던 곳이었다. 거실벽 한가운데 엄마 영정사진을 걸었다. 사진을 보며 말을 붙여보았지만, 엄마는 대답이 없었다.

"이제는 안 아프지? 괜찮지, 엄마?"

식탁 위에 올려둔 유골함을 향해서도 말을 건넸다.

"왜? 엄마, 나 시집가는 거까지는 보고 죽는다고 했잖아. 왜? 왜 그렇게 빨리 갔어?"

추운 날씨였다. 히터와 전기장판만으로는 어림도 없었다. 안방 장롱에서 침낭을 꺼냈다. 엄마와 내 것, 두 개가 있었다. 엄마 것을 꺼냈다. 엄마 냄새를 맡으면서 자고 싶었기 때문이었다. 엄마가 쓰던 침낭에 들어가 지퍼를 올린 뒤 눈을 감았다. 꿈에서라도 엄마를 보고 싶었다.

***

다음 날 아침에 일어나니 몸이 뻣뻣했다. 엄마는 꿈에서도 나오지 않았다. 이 주임 언니에게 일어났다고 문자를 보낸 뒤 덜덜 떨면서 씻고 나왔다. 우리 집이 교도소보다 춥다는 걸 새삼스럽게 깨달았다. 혼거실도 춥기는 마찬가지지만 옆 사람 체온 덕분에 그나마 낫다.

한 시간 뒤면 도착한다는 이 주임 언니 문자에 손을 호호 불며 동네를 한 바퀴 뛰었다. 먼발치에서 할배의 체육관을 한참 동안 구경했다. 샌드백을 두드리고 스파링을 하던 때가 사무치게 그리웠다. 집에 돌아오니 이 주임 언니도 도착했다. 근처 해장국집에서 함께 아침을 먹었다.

예약한 시간에 맞추어 전날 갔던 화장터로 향했다. 연말이고 토요일이라 그런지 추모공원을 찾아온 사람들이 많았다. 집에 두고 싶었던 엄마 유골함을 안치하고 나왔다. 이 주임 언니가 유골함 옆에 예쁜 꽃과 나무 십자가를 넣어주었다.

"어디 가보고 싶은 곳 있어?"

이 주임 언니가 피클을 씹으며 물었다. 그녀 덕분에 파스타를 다 먹으러 왔다.

"엄마 병원이요."

"거긴 왜?"

"엄마가 왜 수술을 받지 못했는지 확인하고 싶어서요."

"그래? 그러자. 가는 길에 커피 한잔 괜찮지?"

전날 밤에 눈이 또 내렸다. 하얀 눈이 온 세상을 덮었고, 찬 바람이 씽씽 불었다. 그런데도 이 주임 언니는 아이스아메리카노를 고수했다. 나는 따뜻한 커피를 마셨다.

병원에 가서 무작정 의사를 찾는다고 쉽게 만날 수 있는 게 아니었다. 이 주임 언니가 도와주는 대로 진료과에 가서 접수부터 했다. 병원 로비에서 한참 동안 무료하게 기다리고 나서야 담당 의사를 만날 수 있었다. 그는 뭐랄까, 딱 의사 선생님 같이 생겼다.

"따님이셨구나. 엄마가 따님 걱정을 많이 하셨는데."

"어떻게 된 건지 알고 싶어서요. 저희 엄마."

"사망진단서에 적힌 의사 소견대로야. 심부전증으로 인한 심폐 정지."

"그게 무슨……."

"의료진은 할 만큼 했어. 에크모 기기라고 사람 심장과 폐를 대신하는 기기가 있거든? 그걸로 급한 불은 껐는데."

내가 궁금했던 건 엄마가 숨을 거두기 직전 상황이 아니었다. 왜 수술을 받지 못했는지만 알고 싶었다. 내가 재차 묻자 그가 다시 입을 열었다.

"이식 수술? 그래. 대기자 명단에 있었지."

"그런데요?"

"심장 이식을 받으려면 기증을 신청한 뇌사자가 계셔야 하는데. 이게 뜻대로 되는 게 아니야. 상황에 따라 다른데, 1년 넘게 걸리는 경우도 많거든. 어머님 같은 경우는 병원장님께서 특별히 신경도 써주셨고."

의사의 마지막 말을 듣기 위해 이곳까지 찾아온 것이었다. 우리 엄마를 그냥 내버려 두어서 죽게 만든 것은 아닌지, 즉, 소미네 아빠가 나와 한 약속을 지키려는 성의를 보였는지가 궁금했다. 특별히 신경을 써주었다는 말에 다행이라는 생각이 들었다.

"이게 얼마나 응급한 지, 얼마나 오래 기다렸는지에 따라 우선순위가 결정되거든. 거기에 나이와 혈액형에 따라 또 다르지. 어머님처럼 O형을 구하기는 특히 힘들어. 마침 O형 심장을 확보할 수 있게 되긴 했는데……."

의사가 말끝을 흐렸다.

"저기, 학생. 아무튼 참 안타까운데, 우리 의료진은 최선을 다했다는 것만 알아줬으면 해. 나는 바빠서 이만."

그가 다급하게 어디론가 달려갔다.

뭔가 의심쩍었다. 나만 그렇게 느낀 게 아니었다. 내 뒤에서 함께 듣고 있던 이 주임 언니도 고개를 갸웃거렸다. 그녀가 나 대신 나섰다. 의사가 아닌, 엄마가 입원했던 병실의 간호 데스크로 찾아갔다.

그녀는 간호사 선생님에게 비타민 음료 한 박스를 먼저 건네주었다. 지하 매점에서 산 것이었다. 문의 끝에 이 주임 언니는 우리 엄마 담당이었다는 간호사를 만났다.

"제가 그분 조카인데요. 여쭤볼 게 있어서요."

"아, 네. 조카 말씀은 없으셨는데."

"제가 법무부 공무원인데 지금 지방에서 근무하고 있거든요."

"아, 그러셨구나? 네."

법무부 공무원이라는 말에 간호사의 표정이 달라졌다.

이 주임 언니는 조금 전 의사가 한 말과 배치되는 증언을 들고 왔다. 얼마 전 장기이식 코디네이터가 응급차에 심장을 싣고 병원에 도착했단다. 당연히 우리 엄마가 수술을 받게 될 줄 알았는데 우선순위가 바뀌었다는 연락을 받았다고 했다. 그걸 결정한 사람이 병원장이었다.

"뭔가 이상하지 않니?"

"많이 이상한데요. 우선순위 기준이 있다면서, 왜 그걸 병원장이 바꾸죠?"

"내 말이. 간호사 언니가 아는 건 거기까지래."

의심을 풀기 위해 병원에 온 것인데, 오히려 의심이 더 커졌다. 그렇다고 병원장을 만나 따져 물을 수도 없는 노릇이었다. 일단 일층으로 내려가기 위해 이 주임 언니와 함께 에스컬레이터가 있는 쪽으로 걸어가고 있었다.

갑자기 번쩍번쩍 플래시가 터졌다. 병원 행사가 있는지 의사 여러 명이 벽에 붙어 서 있었다. 의료진 가운데에 사복을 입은 중년 여성과 환자복을 입은 남자가 보였다. 그들이 주인공임이 분명했다. 카메라를 든 사람 여럿이 단체 사진을 찍고 있었다. 방송국에서나 쓸 것 같은 커다란 카메라도 있었다.

예사로 여기며 지나가려고 했는데 의료진 뒤에 붙은 플래카드가 눈에 들어왔다. "SM 병원 통산 100번째 심장 이식 수술 성공"이라는 문구가 적혀 있었다. 부부로 보이는 두 중년도 플래카드 한 장을 나누어 들고 있었다. 거기에는 "다시 힘차게 뛰는 심장 소리. SM 병원이 당신을 응원합니다"라고 쓰여 있었다.

나는 방향을 바꾸어 그쪽을 향해 걸어갔다. 이 주임 언니도 내가 왜 그러는지 이유를 아는 듯 묻지도 않고 나를 따라왔다. 검은 양복을 입은 남자가 마이크를 들고 한창 얘기를 했다. 그의 말에 사람들이 까르르 웃기도 하며 다들 행복한 분위기였다. 그 가운데는 조금 전 나와 얘기를 나누던 의사도 있었다.

"자, 그대로 잠시만요. 병원장님께서 오십니다."

검은 양복 입은 남자의 말에 누군가 손뼉을 치기 시작했다. 그러자 다들 환호하면서 박수 소리가 커졌다. 단정하게 빗은 머리에 흰 가운을 입은 남자가 일단의 의사를 이끌고 위엄 있게 등장했다. 몸에서 광채가 나는 듯했다. 소미네 아빠였다.

"잠시만요. 병원장님 옆에 박 교수님이 서실게요. 김 선생, 조금 더 옆으로. 네, 좋습니다."

검은 양복 남자의 말 한마디에 의사 선생님들이 분주하게 자리를 바꾸며 움직였다. 하지만 그 자리에서 가장 높은 사람이 소미네 아빠라는 건 누구나 알 수 있었다.

"수고하셨습니다. 자, 아직 순서 남았어요. 잠시만요. 꽃다발 증정이 있겠습니다."

검은 양복의 말에 옆에 대기하고 있던 남녀가 앞으로 나왔다. 대학생 정도로 보이던 둘이 부부에게 꽃다발을 건네주자 다들 환하게 웃으며 손뼉을 쳤다. 부부의 아들딸이었을 것이다.

"이어서 수고하신 우리 의료진과 병원장님께도 꽃다발을 증정하겠습니다."

이번에는 간호사들이 우르르 다가왔다. 그중에는 유일하게 사복은 입은, 내 또래의 아이도 있었다. 그게 누구인지 나는 바로 알 수 있었다. 병원장을 향해 꽃다발을 건네주고 포옹까지 해주는, 나 같은 사람은 지을 수 없는 한없이 밝은 표정을 한, 예쁘고 날씬한 아이, 소미였다.

"네. 다들 수고 많으셨습니다. 의료진 여러분은 돌아가셔도 좋습니다. 다음은 성공적인 수술을 마친 우리 황성배 의원님 부부의 소감을 듣도록 하겠습니다."

검은 양복의 말에 나는 담당 의사가 말끝을 흐렸던 이유를 알 수 있었다. 그의 말이 옳았다. 그로서는 최선을 다했을 것이다. 황성배라는 이름을 검색해보니 구의원이나 시의원도 아닌, 국회의원이었다. 그는 접견실 아크릴판 같은 존재였다. 투명해서 없는 것 같아도 늘 있던, 내가 절대 넘을 수 없는 높고 강한 벽이었다.

"서아야. 괜찮아?"

이 주임 언니가 내 팔뚝을 붙잡았다. 나도 모르게 눈물을 흘리고 있었다. 분노 때문이 아니었다. 링 위에 올라가고 나서야 상대가 조지 포먼[1]인 걸 깨달았을 때 느낄만한 무력감 같은 것이었다. 가벼운 잽을 날릴 엄두도 내지 못할, 아니, 게임 자체가 성립할 수 없는 체급 차이였다.

"괜찮아요. 담당님, 잠깐만 더 있어도 될까요?"

그녀는 고개를 끄덕였다.

십 분 정도 인터뷰가 진행되는 동안 나는 소미와 소미네 아빠를 뚫어지게 쳐다보았다. 그들은 내게 죄를 팔아 우아한 자유를 누리고 있다. 나는 죄를 산 대가로 아무것도 얻지 못했다. 감옥에 갇힌 신세가 됐고, 엄마도 살리지 못했다.

기다림 끝에 소미네 아빠와 눈이 마주쳤다. 나를 알아본 그는 잠시 당황한 듯했지만, 이내 평정을 되찾고는 수행하는 사람들, 그리고 자신의 딸과 함께 사라졌다.

"됐어요. 가시죠."

그저 보여주고 싶었다. 내가 여기 있다고. 지금 당장은 무엇을 어떻게 할 수 있을지 하나도 모르지만, 아무튼 당신들이 한 일을 기억하는 내가 여기 서 있다고.

"너 나한테 더 할 얘기 없어?"

에스컬레이터를 타고 내려가다가 이 주임 언니가 물었다.

1. 역대 최고의 헤비급 복서 중 하나. 승리를 거둔 76경기 중 68번의 KO승을 기록했다.

"아니요. 없어요."

"있으면 말해. 네 편 들어줄 테니까."

그녀가 진지한 표정으로 말했다. 고마웠다.

교도소에 돌아갈 때까지 이틀이 넘는 시간이 남았다. 그걸 어떻게든 잘 쓰고 싶었지만, 하고 싶은 게 아무것도 없었다. 그저 집에 있고만 싶었다. 이 주임 언니에게 말하자 그녀는 나를 집에 데려다주었다.

엄마의 사진을 보며, 엄마의 체취가 남아 있는 옷과 이불에 코를 묻으며, 엄마의 손때가 남아 있는 물건들을 만지며 하루, 또 이틀을 보냈다. 그러다가 울리지 않는 휴대폰을 집어 들었다. SNS에 접속해 소미를 검색해보았다. 생각보다 쉽게 찾을 수 있었다.

—어제 병원에서 너를 봤어. 잘 지내는 거 같더라.

메시지를 보내자 곧바로 답이 왔다.

—ㄴㄱ?

—네가 지은 죄 때문에 감옥 간 사람

—ㅁㅊㄴ

그녀는 곧바로 나를 차단했다.

잠시 뒤 다른 계정에서 메시지가 왔다. 아무런 개인정보가 없는 걸 보니 소미가 쓰는 가짜 계정인 것 같았다.

—야! 너 미쳤어?

—소미구나.

—닥쳐.

—세희 언니 왜 때렸어?

내 질문에 그녀는 한동안 답하지 않았다.

—술집에서 존나 띠껍게 쳐다보잖아. 썅년이.

—그래서 쫓아가서 때렸어?

—ㅇㅇ

더는 할 얘기도, 들을 얘기도 없었다.

교도소에서 나는 딱 그녀 같은 사고방식을 지닌 이들을 자주 보았다. 소미가 그들과 다른 점이 있다면 병원장인 아버지를 두었다는 것 하나일 것이다.

귀휴를 마치고 교도소에 복귀한 날은 크리스마스 이브였다. 이주임 언니가 운전하는 차를 타는 건 정말 무서운 일이었다. 그래도 그녀에게 받은 크리스마스 선물 덕분에 행복했다. 집에 인터넷이 끊긴 나를 위해 그녀는 며칠 동안 자신의 태블릿을 빌려주었다. 태블릿에는 애슬이가 나온 드라마가 들어 있었다. 교도소에 들어가기 직전까지 몇 번을 보고 또 보았다.

교도소에 들어가니 애슬이가 보낸 귀한 크리스마스 선물도 도착해 있었다. 화려한 의상을 입은 자기 사진과 함께, 엄마와 내가 나온 사진도 인화해서 보내주었다. 출소하고 추모공원에 가면 엄마 유골함 옆에 놓아주어야겠다고 생각했다.

***

지민 언니는 내가 귀휴를 나가기 전에 출소했다. 워낙 말을 밉게 하는 사람이지만 미운 정이 들었는지, 아니면 부러워서였는지, 그녀와 마지막 인사를 나눌 때는 살짝 눈물이 났다.

화선 언니마저 우리 방을 떠나게 된 건 내게 제법 큰 충격이었다. 만 스물두 살 생일을 맞아 어른들이 수감된 곳으로 옮기게 된 것이다. 전방 조치로 새로운 사람들과 다시 적응해야 하는 언니가 걱정됐지만, 그녀는 오히려 나와 주아를 챙겨주지 못하게 되어서 아쉽다고 했다.

"언니, 그동안 고마웠어요."

좀처럼 말이 없는 주아가 인사말을 건네자 살짝 놀랐는지 눈이 커다래진 그녀가 주아를 꼭 안아주었다.

전방 이후에도 우리는 운동시간을 통해 자주 얼굴을 보며 안부를 나누었다. 가끔은 예전처럼 함께 운동장을 돌기도 했다. 옮긴 방 사람들과도 잘 지낸다고 했다. 노역으로 스트레스를 풀다 보니 공부도 더 잘 된다고 하여 다행이었다.

눈치 없고 배려도 없는 현지 언니가 방장이 되어 조금은 걱정이었지만, 다행히 그녀는 지민 언니의 소개로 시작한 펜팔에 푹 빠져 우리에게는 별 관심이 없었다. 두 언니가 나가자 방은 전보다 추워졌다. 그래도 각자 쓰는 공간이 넓어진 것 하나만큼은 좋았다.

한편으로 불안한 마음도 있었다. 우리 교도소가 정원 초과라는 사실을 모르는 사람은 없었다. 성인 혼거실은 같은 방향으로 누우면 어깨가 닿을 정도로 공간이 좁아 두어 명은 사람들 발밑에서 자기도 한단다. 그래서 자주 다툼이 일어나곤 했다. 이모들이 우리 방 앞을 지날 때마다 여기는 고작 네 명이 쓰냐며, 좋겠다고 구시렁거리는 것도 당연했다.

빈자리에 현지 언니보다 나이 많고 성격 나쁜 사람이 들어온다면 큰 문제가 생길 수 있다. 영은 언니는 평소에는 얌전해도 특이한 지점에서 욱하는 성향이 있다. 주아는 거의 말을 하지 않고 지내지만 누가 건드리기라도 한다면 무슨 일을 저지를지 모르는 애라는 불안감이 있다. 이런 방에, 예를 들어, 지영 언니 같은 사람이 들어온다면…….

계절마다 한 번씩 센터에 가야 한다. 수형자를 대상으로 진행하는 심리치료 때문이다. 주아는 전담 심리치료사와 주기적인 상담을 하지만, 나머지는 늘 보는 담당 교도관과 함께 차를 마시는 정도였다. 오 주임이 우리 방 네 명을 동시에 불러 모은 것은 아주 이례적인 일이었다.

"그래. 사동 운영 때문이라고 볼 수도 있지요. 그런데 말이야. 교도관 회의 때 소장님께서 이렇게 말씀을 하셨어요. 소년수형자에 대한 교정교화 방식은 성년의 것과 다를 필요가 있다고. 그러니까 교육 목적의 다양한 조치를 함께 활용하자는 거죠."

어른들의 화법은 대개 비슷하다. 도입부가 긴 이유는 결론이 아주 간단해서 허무하거나, 듣는 이에게 불리한 얘기를 꺼내기 위해서다. 오 주임은 헛기침을 한번 하더니 말을 이었다.

"그래서 조금 이례적인 일이기는 하지만, 교육 목적상 여러분에게 도움이 될만한 성인 재소자를 혼합 수용하는 것으로 교도관 회의에서 의결했어요. 당연히 대상자는 훌륭한 직업경력을 갖추고 교정 성적이 우수한 모범수로 선정했습니다. 다만, 여러분 모두의 동의가 없으면 시행하지 않겠습니다. 그래서 여러분께 상의할 시간을 드릴게요. 단 한 사람이라도 반대하면 이 건은 없던 일로 하겠습니다."

말을 마친 오 주임이 심리센터 문을 열고 나갔다.

이게 대체 무슨 상황인지 알 수 없는 건 나 혼자만이 아니었다. 다들 어리벙벙한 표정으로 미지근하게 식어버린 커피만 들이켰다. 종이컵이 눅눅해져서 입술에 닿는 느낌이 별로였다.

"쟤 지금 뭐라고 하고 나간 거냐?"

먼저 말문을 연 건 방장인 현지 언니였다. 그 말에 영은 언니가 대답했다.

"그러니까. 우리 방에 이모가 들어온다는 거잖아요. 교도소 꽉 찼으니까 우리도 양보할 건 하라는 얘기지."

"뭐라고? 씨발, 어떤 년이 올 줄 알고?"

"그러니까요. 보나 마나 돈 많고 빽 좋은 여자겠지."

교도소에 있는 사람들은 심심한 걸 싫어하면서도 생기는 건 또 두려워한다. 우리 네 명이 환상적인 호흡을 자랑하며 오순도순 생활한 건 아니었지만, 각자 지킬 건 지켰고 큰 다툼 같은 것도 없었다. 그런 가운데에 새로운 사람이 들어오는 건 아무래도 꺼림칙한 일이었다. 하지만 영은 언니의 말을 듣고 보니 생각이 달라졌다.

"잠깐만요. 언니들, 그럼 좋은 거 아닌가요?"

말을 뱉자마자 괜히 나선 거 아닌가 하는 생각이 들었다.

"뭐? 뭐가 좋은데?"

현지 언니가 퉁명스러운 말투로 되물었다.

"저기, 그게. 돈 많고 빽 좋은 이모라면요. 범털이잖아요."

"그래서?"

"범털들 보셨잖아요. 다른 사람들 신경 안 쓰고. 대접받으려고도 안 하고. 오히려 우리한테 사식도 사주고 그러지 않을까요? 우리는 영치금도 없잖아요."

내 말에 현지 언니와 영은 언니가 마주 보며 눈을 깜빡거렸다. 두 사람보다 빠르게 판단을 마친 건 주아였다.

"맞네. 나는 콜."

늘 캐스팅보트 역할을 했던 주아가 이번에는 곧바로 결정타를 넣었다.

***

"반가워, 얘들아. 난 송영신이야. 서울 출신이고, 나이는 비밀. 열 바퀴 돌았어. 아직도 반절이나 남았네. 따로 터치 안 할 거니까 불편해하지 마."

생각과 달리 말끔한 아주머니가 왔다. 쇼트커트로 단정하게 자른 머리에 화장하지 않아도 뽀얀 피부와 서글서글한 눈이 인상적이었다. 그녀의 첫인상을 좋게 본 건 나뿐만이 아니었다. 나머지 세 명도 긴장을 푼 얼굴이었다.

"뭐로 들어오셨어요?"

"에이, 자기가 방장이야? 그런 건 이따가 맛있는 거 먹으면서 얘기하면 안 될까?"

"맛있는 거? 네. 뭐, 그러시죠."

"자기들 소개도 좀 해줘. 독방이 편하기는 한데 심심해 죽겠더라. 가끔은 입도 좀 풀어야 하는데 말야."

최악의 경우 지영 언니 같은 사람, 최선의 경우라고 해도 학년부장 선생님 같은 사람이 들어올 줄 알았다. 하지만 그녀는 학교 앞 분식점 아주머니처럼 편안한 사람이었다. 혼거실에 들어온 지 반나절 만에 우리의 마음을 사로잡았다.

입방 후 이틀이면 품위고 뭐고 다 던져버리게 되는 교도소에서 그녀처럼 품위 있고 우아하며 부드러운 사람은 보기 드물었다. 그날 저녁 우리 방은 배가 터지도록 사식을 먹었다. 누군가의 호감을 사려면 입에 기름칠해주는 게 최고라는 걸 깨달았다.

"우리 아들 죽인 놈이었거든. 나는 아직도 후회 안 해."

그녀의 죄목은 살인이었다. 영신 이모의 아들은 학교 폭력 피해자였다. 가해자는 초등학교 때부터 무려 5년 동안 끊임없이 그녀의 아들을 괴롭혔고, 기어이 교실에서 폭행해 죽게 했다.

"아무리 자식이라고 해도 내가 우리 애 일기장은 엿보지 않았거든. 장례 치르고 방 정리를 하는데 일기장이 있는 거야. 바쁜 엄마, 매일 힘들게 일하는 엄마한테 걱정 끼치고 싶지 않다고 쓰여 있더라고. 그 나쁜 놈한테 어떻게 당했는지도 매일 일기에 남겼어. 죽고 싶다고. 차라리 죽고 싶다고 적었더라. 못난 놈. 차라리 그놈을 죽여버리지. 엄마가 힘이 있는데."

이모는 젊은 시절 남편을 잃고 혼자 장사를 시작했다고 한다. 사업이 잘되자 부동산으로 돈을 더 벌었고, 금융회사를 만들었다. 잘나가는 여성 CEO가 되어 승승장구하는 동안 아들이 그렇게 힘들게 학교생활 하는 줄은 몰랐단다.

"그놈 키가 백팔십이 넘는대. 체중은 팔십 킬로고. 우리 아들은 거기다 대면 장난감이었겠지. 제 아빠 닮아서 워낙 왜소했으니까. 웃긴 게 뭔지 아니? 사람을 죽였는데, 우리 아들이 죽었는데, 걔는 소년원에서 2년만 살고 나오면 된대. 고작 2년. 그러면 아무 일도 없던 것처럼 대학에 가고, 결혼도 하고, 그냥 사는 거야. 우리 애는 죽었는데. 그래서 내가 걔네 부모하고 합의했어. 그래서 보석으로 나왔지."

"왜 합의하셨어요?"

내가 침을 꿀꺽 삼키며 물었다.

"그래야, 그래야 빨리 죽일 수 있으니까. 시산이 지나면 내 분노가 사그라들까 봐."

그녀는 아들을 죽인 가해자를 납치한 뒤 살해했다. 그리고 집으로 돌아와 자살을 기도했다. 하지만 가정부가 혼수상태의 그녀를 발견했고, 국내 최고의 의료진은 그녀를 기어이 살려내고야 말았다. 지금도 그때의 후유증 때문에 똑바로 서기가 힘들며, 신장도 좋지 않다.

"돈도 많으신 분이 왜 완전범죄 시도를 안 하셨어요? 청부살인도 있잖아요."

영은 언니가 물었다.

"걔네 부모에게, 다른 가해자 부모에게 알려주려고. 네 새끼가 한 짓을 국가는 용서해도, 당한 아이 엄마는 용서하지 않는다는 걸 알려주려고."

의식을 찾은 그녀는 스스로 경찰서에 가서 자수하고 징역 20년을 선고받았다. 값비싼 변호인단을 꾸릴 수도 있었지만, 그것마저 포기했다.

"자식 잃은 어미가 더 살아서 뭐 하니? 돈 더 벌어서 뭐 할 거야?

나는 사형이나 무기징역을 달라고 했어."

"어떻게 죽이셨어요?"

조용히 있던 주아가 입을 열었다. 그녀는 하루에 한두 번만 입을 연다.

"천천히. 고통스럽게."

"그러니까요."

"펜치로 손발톱을 하나씩 뽑았어. 우리 아들이 5년 동안 당한 고통에 비하면 아무것도 아니지만. 그리고……."

이어진 그녀의 말을 듣고도 아무렇지 않은 표정이던 주아와 달리, 나는 끔찍한 장면이 자꾸만 머릿속에 그려져 무서웠다. 다시 운동을 시작한 이후로 매일 단잠을 잤는데, 그날은 내내 뒤척였다.

***

새해라고 떡국을 먹었다. 열여덟 살이 되었다. 숟가락으로 떡국을 휘저어보았다. 멸치가 보이지 않았다. 우리 엄마도 새해 아침마다 떡국을 끓여주었다. 초등학교 4학년 때만 빼고. 그해 겨울이 유독 추웠는지, LPG 통과 가스레인지를 연결하는 부분이 얼어붙어서 요리할 수 없었기 때문이다. 근처에 사는 최 씨 할머니네에 가서 아침을 얻어먹었다.

"어머, 우리 착한 서아가 왜 울까?"

영신 이모가 내 등을 쓸어주었다. 그러자 갑자기 서러운 눈물이 쏟아졌다.

처음으로 엄마 없이 맞는 새해라는 걸 자각하게 된 건 다 멸치 때문이었다. 엄마는 떡국을 만들 때 멸치로 육수를 내곤 했다. 그런데 나는 완성된 떡국에 멸치가 남아 있는 게 싫었다. 된장 국을 먹을 때 고기인 줄 알고 씹은 게 덜 풀린 된장이었을 때만큼 싫었다. 제발 멸치 좀 건져내고 끓여달라고 투정을 부릴 때마다 엄마는 알았다고 하면서 다음 해가 되면 그걸 꼭 까먹었다.

"멸치가…… 없어서요."

참 철딱서니 없는 짓이었다. 새해 첫날, 처음 받은 밥상 앞에서 대성통곡을 했으니. 감정을 추스르자 부끄럽고 미안했다. 고개를 드니 다들 고개를 숙인 채 흐느끼고 있었다.

다들 엄마가 끓여준 떡국이 떠올라서 눈물이 났을 것이다. 영신 이모도.

화선 언니의 빈자리를 영신 이모가 메꾸어 주리라고는 생각을 못 했다. 나이 차이에도 불구하고 그녀는 꽤 괜찮은 대화 상대가 되어주었다. 나 역시 그녀의 말 상대가 되어주어야 했는데, 다른 건 다 좋았지만, 성경책을 읽다 막히는 부분을 물어볼 때는 난감했다. 나도 아는 게 없으니까.

무신론자였던 그녀가 교도소에 와서 성경을 읽게 된 이유는 아들 때문이었다. 죽은 이후의 세계가 있다는 얘기, 천국에 가면 아들을 만날 수 있다는 얘기를 듣자 희망이 생긴 것이었다. 하지만 내게 성경은 너무 어렵거나 믿을 수 없는 얘기만 가득한 어려운 책이었다. 그런 내게 그녀는 자꾸 성경 해석을 물어보곤 했다.

"서아야. 이건 뭐니? 시편에서는 복수하시는 하나님이라더니, 마태복음에서는 원수를 사랑하라고 하네. 일단 원수를 사랑하면 하나님이 나중에 복수해주신다는 거야? 이게 말이나 되니?"

함께 아이스크림을 먹고 있을 때였다. 그녀가 돋보기를 벗으며 내게 물었다. 녹아서 흘러내리던 아이스크림을 다급하게 혀로 핥은 뒤 대답했다.

"원수를 어떻게 사랑해요? 사랑하도록 노력하라는 얘기겠죠, 뭐."

"복수해준다며?"

"그러니까요. 왜, 그런 거 있잖아요. 엄마가 아이 데리고 시장에 갔어요. 지나가던 아저씨가 아이 발을 세게 밟고 지나갔어요. 그래서 아이가 엉엉 울고 있었죠. 그러면 엄마가 아이한테 빨리 뛰어가서 너도 저놈 발 밟고 오라고 그래요? 여기 가만히 있으라고 하고, 대신 가서 싸워주잖아요."

"아! 이게 그런 얘기구나! 그렇지. 아이 복수는 엄마가 해줘야지."

그녀는 자주 감탄했지만, 내가 해준 대답은 대부분 엉터리였을 것이다. 그럼에도 그녀는 막히는 부분이 있을 때마다 꼬박꼬박 내게 묻곤 했다. 나는 그저 그녀가 말하는 하나님을 엄마라는 존재에 대입해서 알려줬을 뿐이었다. 신이 정말 있다면 그 사랑은 엄마가 내게 준 것과 다르지 않을 테니까. 그 영업비밀은 끝까지 말해주지 않았다.

운동시간이 되면 영신 이모를 부축해서 함께 나갔다. 몸이 안 좋아 운동장을 돌지는 못해도, 그녀는 의자에 앉아 햇살을 맞으며 내가 달리는 걸 구경하는 그 시간을 좋아했다. 호가호위라고 해야 할까? 재소자 사이에서 무시무시하다고 소문난 이들도 이모에게는 허리를 굽혀 정중하게 인사했다. 옆에 있는 나도 덩달아 어깨가 저절로 으쓱거렸다.

징계가 무섭다고 해도 교도소에서 싸움이 없는 건 아니다. 옆에서 지켜보면 영화에서처럼 조직 간의 세력 다툼 같은 게 아니라 아주 사소한 일이 발단이다. 예를 들면 째려본다거나, 말이 짧다거나, 상대를 쳐다보면서 침을 뱉거나 하는 것이다.

한번은 운동시간에 운동장을 돌던 두 이모가 끝말잇기를 했다. 치마, 마차, 차표, 표범, 범죄, 죄수, 수도, 도사, 사표, 표주박, 여기까지는 좋았다. 그런데 표주박을 이어받은 이모가 '박명수'라고 말하면서 다툼이 시작됐다. 둘은 끝말잇기에 사람 이름을 써도 되는지를 놓고 티격태격하다가 머리채까지 붙잡았다. 고작 손목 맞기

벌칙을 두고.

"서아야. 어른이란 게 별거 아니야. 나이 먹으면 지혜롭고 멋있어질 거 같지? 하찮은 거야. 어른이라고 해도 이렇게 하찮단다."

교도관에게 끌려가는 두 사람을 지켜보고 있던 이모가 쓸쓸한 목소리로 얘기했다. 여기가 교도소라 그런 거 아니냐고 묻고 싶었다. 이모가 말을 이었다.

"왜들 그런지 알아? 죽는 게 두려워서 그래."

"네? 죽는 게 두려운 건 당연한 거 아닌가요?"

"죽는 걸 두려워하면 안 돼. 그러면 내가 세상의 중심이 되어버리거든."

그녀의 말이 내게는 의아하게 들렸다. 중학교 때 교장 선생님은 조회 시간마다 자신이 세상의 중심이며, 세상에서 가장 중요한 사람이라는 생각을 하라고 강조했다. 교장 선생님을 좋아하는 애들은 없었지만, 그 말에는 다들 고개를 끄덕였다.

"그게 나쁜 건가요?"

"내가 중심이 되면, 남을 주변으로 몰아내게 되잖아. 내가 먼저면, 남은 나중이 되잖아. 그런 사람들이 여기에 있는 거야."

며칠 동안 그녀의 말을 깊이 생각해보았다. 어른들 대부분이 하찮은지는 모르겠으나, 적어도 그녀가 하찮은 어른이 아닌 건 분명했다.

부활

나는 할배, 그리고 애슬이와 했던 약속을 지켰다. 애슬이와 접견한 날부터 곧바로 운동을 시작했다. 방에서 맨몸으로 할 수 있는 것부터였다. 할배 말이 옳았다. 멈췄다가 다시 하려니 힘들었다. 일단 몸이 너무 불어버렸다. 식단 조절에 들어갔다.

오랜만에 런지와 스쿼트를 하니 체중 때문에 무릎이 아팠다. 그나마 윗몸 일으키기와 크런치 동작은 할 만했는데, 팔굽혀펴기와 플랭크를 할 때는 처음 운동할 때처럼 팔뚝이 덜덜 떨렸다. 근육이 찢어지는 통증도 견뎌내야 했다. 찢어지고 아물기를 반복해야 복싱 선수의 몸이 된다. 반년 가까이 방치했던 몸이 예전과 비슷해지기까지 두 달이 걸렸다.

혼거실에서도 운동을 할 수 있던 건 우리 방 사람들의 배려 덕분이었다. 교도소에서는 실내운동이 금지되어 있다. 좁은 공간에서 다른 사람에게 불안감을 줄 수 있고, 얼차려 수단으로 써먹기도 하기 때문이다. 복싱 챔피언을 하다가 교도소에 왔다는 사실을 밝히며 다시 운동하고 싶다고 말하자, 우리 방 사람들은 운동을 도와주는 것은 물론, 교도관이 오는지 돌아가며 망을 봐주기도 했다.

"진짜 대박이다. 실시간으로 살 빠지는 게 보이는 거 같애! 여기 들어올 때는 물렁살이었는데 언제 이렇게 팔다리 근육이 갈라졌지? 존나 멋있다. 야, 서아야. 네가 언니 해라. 나는 멋있으면 다 언니야. 내가 이 기적을 다 보고 나가네."

출소하기 전 지민 언니는 내가 운동할 때마다 옆에서 극성팬처럼 환호하곤 했다.

우리 방 사람들이 내게 협조적이었던 이유는 제각기 달랐다. 화선 언니는 공부에 집중하면 남이 뭘 하든 신경이 안 쓰여서, 현지 언니는 이번 생에 몸짱은 포기했으니 나를 보면서 대리 충족을 하기 위해서라고 했다. 영은 언니는 예전부터 복싱을 배우고 싶어 했다며 진지하게 구경했다. 주아는, 모르겠다. 그다지 흥미 있는 것 같지는 않았지만, 망보는 건 열심이었다.

둘이 나가고 새로 우리 방에 들어온 영신 이모도 내가 운동하는 걸 적극적으로 협조해주었다. 든든한 스폰서 역할까지 해주었다. 대체 어느 선까지, 어떻게 힘을 쓴 것인지는 몰라도, 고기와 과일, 채소까지, 운동선수에게 필요한 음식을 사식으로 들여오거나 소지 이모를 통해 공수해 주었다. 운동량은 만족스럽지 않았지만 먹는 게 바뀌니 효과가 좋았다.

혼자 운동하려니 아무래도 불안했다. 할배에게 내 운동 루틴이 괜찮은지 확인해달라고 편지를 보냈다. 교도소에서 처음으로 써본 편지였다. 할배는 보완하고 추가해야 할 부분을 손글씨로 정성껏 적어 보내주었다. 진도를 점검하는 표도 함께였다. 거기에 매일 운동한 기록을 적어 보내면 할배가 다시 편지로 피드백을 보내주었다.

할배 말대로 줄이 없는 줄넘기와 섀도복싱을 운동 루틴에 추가했다. 방 사람들은 내 수많은 루틴 중 섀도복싱을 가장 좋아했다. 펀치를 뻗을 때마다 날숨 때문에 쉭쉭 거리는 소리가 중독성이 있다면서, 여자가 복싱하는 걸 눈앞에서 보는 건 처음이라며 신기하게 바라보곤 했다.

애슬이와 약속한 대로 운동하기 전에 몸을 충분히 풀었다. 하루에도 여러 번 씻고 나올 때마다 감기에 걸리지 않도록 매번 수건으로 잘 말렸다. 덕분에 수건 빠는 시간이 늘어났는데, 내가 널어놓은 수건이 가습기라 피부에 좋다며 다들 좋아해 주었다.

***

설 명절이 다가오자 다들 마음이 싱숭생숭했다. 영신 이모는 평소와 마찬가지로 명절에도 연일 변호사 접견을 다녀왔다. 변호사를 통해 회사 상황을 전해 듣고, 지시를 내린다고 했다. 정체불명의 폐렴 바이러스가 발생해 중국 우한 지역이 긴급 봉쇄됐다는 뉴스가 온종일 TV에 나왔다. 일본과 우리나라에 이어 미국에서도 확진자가 발생했단다.

예전과 비슷한 컨디션을 만들자 몸이 근질근질했다. 섀도복싱 정도로는 만족할 수가 없었다. 샌드백이라도 때리고 싶었다. 방에 있는 베개를 볼 때마다 쳐보고 싶은 생각이 간절했지만, 아무리 복싱이 소중하다고 해도 좁은 공간에서 민폐를 더 끼칠 수는 없었다. 이미 나는 운동할 때마다 혼거실 바닥을 땀으로 적셨고, 주아가 가끔 인상을 쓸 정도의 먼지를 일으키고 있었다.

연휴 마지막 날이었다. 운동을 마친 뒤 씻고 나왔다. 특식으로 나온 귤을 까먹으며 TV를 보고 있었다. 온통 바이러스에 관한 뉴스만 나오다가 강원도에 있는 펜션에서 가스가 폭발해 많은 사람이 죽고 크게 다쳤다는 사고 소식이 나왔다. 현지 언니는 자기가 살던 동네라며 안타까워하며 귤을 입에 넣었다.

이어진 뉴스를 보는데 뭔가 이상했다. 경기 일산에서 사망한 스물한 살 여대생, 귀갓길이던 그녀를 차로 치어 숨지게 한 오십 대 남성 조모 씨. 화면 아랫부분에 나오는 자막 내용이 예사롭지 않았다. 내가 아는 그 사건임이 틀림없었다.

"어제저녁 경찰서를 찾아간 조 씨는 자신이 당시 대포 차량을 운전했다고 밝혔습니다. 경찰은 조사를 마친 조 씨를 유치장에 입감했습니다. 문제가 생긴 건 다음 날 새벽 여섯 시경. 조 씨는 유치장에 있는 화장실에서 목이 졸려 숨진 채 경찰에 발견되었습니다. 경찰은 조 씨가 유서를 남기지는 않았지만, 타살의 가능성은 없어 보인다면서, 당시 CCTV를 분석 중이라고 밝혔습니다. 관계자에 따르면 조 씨는 자신이 입고 있던 외투 끈을 이용해 극단적인 선택을 한 것으로 보입니다. 여대생 사망 사건의 유력한 피의자였던 조 씨가 사망하며 공소권이 없어져, 그가 진범인지 아닌지는 이제 밝힐 수 없게 되었습니다. 지금까지 일산 동부경찰서에서 KBC 뉴스, 김종석입니다."

기자가 얘기하는 동안 경찰서 외부 영상, 사건을 시간 순서대로 정리한 컴퓨터 그래픽이 화면에 나왔다. "다음 소식입니다"라는 말과 함께 화면이 바뀌었다. 차들이 길게 늘어선 고속도로를 보여주며 교통 정보를 알려주었다. 그의 죽음을 다루는 데에는 삼십 초면 충분했다.

지난 추석 명절에 나를 찾아왔던 상구 아저씨. 죗값을 모두 치르겠다던 그의 말이 이런 것이었다니. 자수하고 벌을 받는 것이 아니라 스스로 목숨을 끊는 길을 택했다니. 왜 그랬을까. 혼란스러웠다. 껍질을 까놓고 손에 들고 있던 귤을 먹는 것도 잊은 채 골똘히 생각에 잠겼다.

고민 끝에 내가 내린 결론은 이렇다. 그는 자신의 죽음으로 세희 언니를 죽인 죄를 갚으려 했다. 죽은 자는 수사할 수 없으니, 죄를 지은 대가로 살려낸 딸 역시 살인자의 딸이라고 손가락질받지 않아도 될 것이다. 게다가 소미네 아빠한테 받았다는, '대학에 보내고도 남는 큰돈'을 지킬 수 있는 선택이었다. 어른의, 아버지의 선택이 결국 이런 것이었다니. 슬펐다.

***

명절에도 실외 운동을 허락해준다는 소식에 반가웠다. 비록 주어진 시간은 짧지만, 나는 운동장에 나갈 때마다 다른 재소자들이 보건 말건 힘차게 뛰었다. 처음 러닝을 시작했을 때는 나 혼자였다. 시간이 지날수록 한두 명씩 늘어났다. 그중에는 딱 봐도 사회에 있을 때 운동을 했음 직한 이들도 있었다.

"안녕? 너 복싱선수였다며?"

삼 분 동안 전력으로 달리다가 삼십 초는 걷고, 그렇게 다섯 번을 반복한 뒤 숨을 고르고 있을 때였다. 위협적인 덩치의 언니가 내게 말을 걸어왔다. 그녀 역시 내가 눈여겨보던, 운동깨나 했을 것으로 예상했던 사람이었다. 혹시 내게 시비라도 거는가 싶어서 겁이 났다.

"네."

나도 모르게 떨리는 목소리로 대답했다. 그녀의 울퉁불퉁하게 부어오른 귀가 눈에 띄었다.

"나는 미란이야. 네 옆방이라 방에서 운동하는 소리도 들었어. 나는 유도했었어."

유도라니. 그렇다면 내가 본 것은 말로만 듣던 '만두귀'였다.

"저는 왕서아예요."

"너, 운동 제대로 하고 싶지 않아?"

"네?"

그녀의 말에 귀가 솔깃했다. 내가 할 수 있는 건 혼거실에서 하는 맨몸운동과 하루에 고작 삼십 분 달리는 것이 전부였다. 시합을 치를 수 있는 몸을 만들고, 복싱 기술을 다시 몸에 익혀두기에는 턱없이 부족한 터였다.

"네가 용기 낸 덕분에 나도 달릴 수 있게 됐어. 혹시 불편해할까 봐 망설이다가 이제야 말 걸어봤네."

그녀가 수줍은 미소를 지었다. 내게 나쁜 의도를 가지고 접근했다고는 볼 수 없는 표정이었다. 그제야 안도가 됐다.

"문화의 집 알지? 거기에 헬스장이 있거든."

"헬스장이요?"

"응. 이용하는 사람이 별로 없어. 있잖아. 설 끝나면 새로 기구 들어온다고 하거든? 우리 거기서 같이 운동할래?"

"좋죠! 좋아요, 언니."

유도선수와 함께 운동하게 된다니, 뜻밖이면서 반가운 일이 생겼다. 절로 웃음이 났다.

미란 언니는 회장기 전국 유도대회 단체전 우승에 실업 유도 최

강전 52㎏급 2위를 두 차례 기록했다. 실업팀에 들어갔을 정도니 대한민국에서 손에 꼽는 유도선수였다. 올림픽 국가대표 선발전을 준비하던 그녀가 교도소에 오게 된 것은 소속팀 코치 때문이었다.

남자 코치는 그녀를 지속해서 괴롭혔다. 욕설은 예사였고, 성희롱도 했다. 갈수록 심해졌다. 회식 때는 반드시 자신의 옆에 앉게 했고, 토할 때까지 술을 먹였다. 숙소로 불러 마사지를 해달라고 한 적도 수차례였다. 그러다 기어이 성폭행까지 하려고 했다.

보충 훈련을 한다며 아무도 없는 훈련장으로 그녀를 불러내더니 매트 위에 눕히고 몸을 더듬었다. 그녀는 그의 손을 이로 깨문 뒤 죽을힘을 다해 주먹으로 때렸다. 옷을 추스르고 숙소로 돌아간 그녀는 어리석게도, 다음날 그 코치가 자신에게 사과할 줄 알았단다.

코치는 다음 날 경찰서로 갔다. 자신의 훈련 방식에 불만을 가져 따로 지도하려다가 폭행당했다는, 말도 안 되는 주장과 함께 전치 4주의 진단서를 제출했다. 그녀를 참을 수 없게 만든 건 동료들이었다. 어떤 일인지 불을 보듯 뻔한 이 사건을 두고, 그녀가 아닌 코치 편을 들었기 때문이었다. 같은 대학 출신인데 좀 참지 왜 그랬느냐며 오히려 그녀를 나무라는 선배도 있었다.

구치소에 들어갔다가 재판을 받고 집행유예로 풀려난 그녀는 팀에서 쫓겨났다. 졸지에 직장까지 잃게 된 그녀는 이성을 잃었다. 합의금을 핑계로 밤중에 코치를 불러낸 뒤 조용히 다가가 야구 방망이로 때렸다. 정신을 차려보니 코치는 피투성이가 되어 있었다. 그녀는 피 묻은 야구 방망이를 들고 경찰서로 갔다. 판사는 그에게 징역 5년을 선고했다.

교도소에 들어온 이후 그녀는 계속 우울증에 시달렸다. 폭식으로 체중이 불었지만, 신경도 쓰이지 않았다. 그녀에게 다시 운동의 꿈을 심어준 것은 유도 국가대표 상비군 출신인 오 주임이었다.

심리센터에서 오 주임과 면담하던 미란 언니는 수감된 이후 처음으로 울음을 터뜨렸다. 오 주임이 자신도 비슷한 경험이 있다며 다정하게 위로해주었기 때문이었다. 그 따뜻한 위로가 언니의 얼어붙었던 내면을 녹였다. 펑펑 울고 나니 가슴 속에 있던 응어리도 풀리는 듯했다.

미란 언니가 조금씩 나아지자 오 주임은 새로운 걸 시도해보라고 권유했다.

"우리 남편도 유도선수 출신이거든. 아들에게 유도를 가르쳐주려는데, 애가 영 관심이 없다는 거야. 그런데 걔가 유튜브로 꼭 챙겨보는 게 있어. 종합 격투기라는 건데, 아들이 좋아하는 거니까, 엄마인 나도 알아야겠다 싶어서 찾아봤지. 그런데 그거 재밌더라고. 아들이 윤동식이라고, 엄마처럼 유도선수 출신인 선수가 있다면서 예전 경기를 보여줬거든?"

미란 언니도 아는 이름이었다. 대학 시절 은사님과 친한 선후배 사이었던 윤동식 선수가 가끔 학교에 찾아왔고, 그녀를 직접 지도해 준 적도 있었다.

"용인대 출신이 아니라서 올림픽도 못 나가본 선수인데, 무시무시하게 생긴 외국 선수하고 붙었더라고. 아이고, 아주 살벌하게 때리더만. 우리가 주먹질은 안 해봐서 잘 모르잖아. 몇 대 맞더라도 일단 붙잡아놓고 본 다음에 조지는 건 잘하지만. 윤동식 선수도 주먹질은 영 어색하더라고. 1라운드 내내 정말 겁나게 맞았어. 눈탱이가 밤탱이가 됐더라고. 그런데 다음 라운드에 갑자기 그 외국인을 붙잡고 자빠뜨리는 거야. 안뒤축후리기였나? 아무튼, 이렇게 눕혀놓더니 걔 위에 올라타고 엉켜 있다가 갑자기 자세를 확 바꾸는 거야. 그리고 암바를 확! 아, 유도에서는 팔가로대누워꺾기 기술이라고 하잖아? 그걸 딱 거는 거야. 그리고, 딱! 승리!"

윤동식 선수는 팔가로대누워꺾기 기술로 3연승을 거두어 '암바대마왕'이라는 별명을 얻었단다. 오 주임은 미란 언니에게 한번 엘리트 코스를 이탈했으니 영영 유도로 돌아갈 수는 없는 노릇 아니냐며, 종합 격투기에 도전해 보는 건 어떻겠냐고 물었다. 미란 언니는 고민에 빠졌다.

주먹으로 상대를 가격하는 것에는 자신이 없었지만, 유도 기술을 사용해 상대를 눕히고 제압하는 쪽은 자신 있었다. 무엇보다 어떻게든 자신의 몸과 마음을 회복시켜 주려는 오 주임의 진심을 알았기에, 그녀는 종합 격투기 선수를 목표로 다시 운동을 시작했다.

연휴가 지나고 미란 언니와 헬스장에서 구슬땀을 흘리기 시작했다. 헬스장은 그리 넓지는 않아도 다양한 운동기구가 있었다. 할배네 체육관에 있는 낡은 운동기구와는 비교도 할 수 없이 좋았다.

"타격을 배우고 싶었거든. 네가 옆 방에서 섀도복싱 하는 소리를 듣고 운명 같은 사람이 나타났다고 생각했어."

"그런데, 언니. 안 힘들어요?"

"어머, 나 몇 개 하고 있었지? 처음부터 다시 해야겠다."

엘리트 체육인은 역시 달랐다. 하체건 상체건, 언니는 운동 좀 한다는 남성들에게도 버거운 무게를 얼굴도 찌푸리지 않고 들어 올렸다.

그녀는 내게 체계적으로 근육 만드는 법을 알려주었다. 나는 그녀에게 복싱의 기본을 알려주었다. 그녀에게는 쉽지 않은 일이었다. 왼손잡이인 그녀가 복싱을 하려면 오른발을 앞으로 내밀어야 하는데, 그게 유도와 달라서 영 어색해했다. 내가 예전에 그랬듯, 그녀는 한동안 기본적인 스텝을 밟는 것과 함께 잽과 스트레이트로 이어지는 원투 펀치만 연습했다.

우리가 운동할 수 있도록 여건을 마련해준 건 역시 오 주임이었다. 처음에는 콧방귀를 뀌며 반대했다던 보안과장을 어떻게 설득했는지, 기어이 복싱용품이 헬스장에 들어왔다. 모처럼 백글러브를 끼고 광택이 나는 샌드백을 두드리는 느낌이 좋았다. 스파링 상대가 없는 대신 사정없이 튀어나오는 펀칭볼을 위빙과 더킹 같은 기술로 날렵하게 피하는 연습을 반복했다.

헬스장에서 운동할 수 있는 것도 하루에 고작 삼십 분이었다. 미란 언니도 나처럼 방 사람들의 협조를 얻어 혼거실에서도 맨몸운동을 시작했다. 할배에게 편지로 그녀의 체급에 맞는 루틴을 추천해 달라고 부탁했다. 그녀는 할배가 시킨 것을 모두 소화한 뒤에 보충 훈련까지 했다. 어릴 때부터 운동을 해서 그런지 하루가 다르게 몸이 제대로 잡혀갔다.

봄이 될 때쯤에는 체중도 나와 얼마 차이 나지 않게 되었다. 늘 옆에서 지켜봤으면서도 믿을 수가 없었다. 타고난 운동신경 덕분에 복싱 기술도 빠르게 늘었다. 내가 아니라 제대로 된 지도자가 필요하다는 생각이 들었다.

우리는 헤드기어와 마우스피스를 착용하고 조심스럽게 스파링도 시작했다. 그녀가 툭툭 던지는 잽은 생각보다 묵직했다.

—삐비비비

스톱워치가 삼 분이 지난 것을 알렸다. 언니는 굵은 땀을 흘리며 숨을 가쁘게 쉬었다.

"얘, 이거 뭐니? 원래 체력은 유도부가 짱인데. 권투가 더 힘든 거 같아."

"쓰는 근육부터가 다르잖아요. 언니는 대단한 거예요. 저는 예전에 스파링 끝나면 서 있기도 힘들었어요."

"그래? 서아야, 시간 조금 남았는데 우리 1라운드만 더 해보자."

"힘들다면서요?"

처음에는 삼 분 동안 주먹을 뻗는 것도 힘들어하던 그녀가 언젠가부터는 체력 면에서 나를 압도했다. 언니와 실전에서 붙는 상상을 해보았다. 스피드에서는 내가 앞서니 펀치를 피할 수는 있을 것이다. 하지만 라운드가 거듭될수록 체력이 떨어질 것이고, 언니의 묵직한 펀치를 한 방이라도 허용하면 바닥에 나뒹굴게 되겠지. 게다가 왼손잡이라 여러모로 상대하기 불편했다.

앞으로 맞붙게 될 상대들은 내가 교도소에 있는 동안 더 치열하게 훈련하고 있을 것이다. 미란 언니가 아니었으면 나는 예전 모습을 회복하는 정도의 훈련량으로 만족했을지 모른다. 그녀는 내 훌륭한 운동 파트너인 동시에, 내가 자신을 뛰어넘을 수 있도록 지속적인 동기부여를 주는 고마운 존재였다.

***

영신 이모가 두 번째 성경 읽기를 마쳤다. 그런데 처음 완독했을 때보다 헷갈리는 부분이 더 많다며 한숨을 쉬었다. 인간에 대한 신의 태도가 구약과 신약에서 차이가 크다는 것이었다.

"서아야, 하나님은 한 분이라고 하거든? 그런데 한 분이 어쩜 이렇게 달라지니. 구약에서는 아주 무시무시하거든? 막 땅이 갈라지고, 홍수도 나고, 완전 스펙터클 해. 이거는 반드시 해라, 저거는 절대 하지 마라, 시키는 것도 많고. 무섭지. 그런데 인간에게 직접 목소리를 들려주기도 하거든? 천사도 보내주고. 야, 그건 또 얼마나 좋니? 그러면 신을 어떻게, 왜 안 믿어? 지금도 그랬으면 얼마나 좋니?"

그리스 신화의 신들이 떠올랐다. 제물을 바치지 않았다고 인간에게 저주를 내리고, 자기들끼리도 불륜에, 살인을 저지르는 내용이었다. 막장 드라마가 따로 없었다. 이모가 한 말이 어디선가 들어본 것 같다는 생각도 들었다. 곰곰이 생각해보니 중학교 때 애슬이가 내게 했던 말과 거의 비슷한 내용이었다.

애슬이네 아빠는 교회 장로였고 엄마는 권사였다. 일요일마다 함께 교회에 가기는 하는데, 애슬이는 설교를 들으면 들을수록, 신을 믿을 수 없다고 했다. 그러면서 구약과 신약이 어쩌고 하며 내게 고민을 털어놓은 적이 있었다. 그러고 보니 애슬이가 지금도 교회에 다니는지 궁금해졌다.

영신 이모가 말을 이었다.

"그런데 신약에서는 구약에서 꼭 하라는 거를 하지 말라고도 하고, 하지 말라고 했던 걸 해도 괜찮다고 그러는 거야. 사랑이 더 중요하다면서. 내가 이걸 어떻게 이해해야 하니? 우리 회사 본부장이 참 똘똘하고 교회 오래 다닌 친구라 모르는 게 없는데, 내가 이건 차마 걔한테 못 물어보겠더라고. 너무 기초적인 거 같아서 말이야. 나 좀 도와다오."

나는 잠시 눈을 감고 생각했다. 지금까지는 그녀가 말하는 하나님을 엄마에 대입하며 어떻게든 둘러댔다. 하지만 엄마가 둘인 것 같다니, 이걸 어떻게 풀어야 하나? 난처해하는 나를 바라보는 영신 이모의 표정은 간절했다. 그러다 우리 엄마를 떠올렸다. 얼핏 생각나는 게 있었다.

"이모. 구약은 예전 얘기고, 신약은 요즘 얘기죠?"

"이를테면 그렇지 뭐. 예수님이 오시기 전이 구약이고, 오신 이후가 신약이거든."

"제 생각에는요. 왜, 아이가 미운 일곱 살일 때는 엄마가 일부러 엄하게 다루기도 하잖아요? 애가 말도 더럽게 안 듣고, 자꾸 사고만 치고, 미운 짓만 하니까."

"그렇지."

"그런데 아이가 커서 고등학생이 되면 달라져요. 엄마가 못 해준 게 많아서 미안하다고도 하고. 학교에서 돌아온 자식을 애틋하게 바라보기도 하잖아요? 공부 못해도 좋으니까 건강하게만 자라주면 된다는 말도 하고."

내 말에 영신 이모는 고개를 크게 끄덕였다.

"제 생각에는 그런 것 같아요. 같은 엄마인데, 엄마는 그대로인데, 자식이 바뀐 거죠."

"애가 성장했으니까? 아이가 자라면서 엄마의 양육 방식이 바뀌었다?"

"네."

"세상에! 그러니까 곧바로 이해가 되네. 같은 엄마라도. 그래, 그럴 수 있어."

나는 그렇게 또 한고비를 넘겼다.

주아가 말수가 없는 것이 다행이었다. 그녀가 이해되지 않는 부분이 있다며 내게 한자로 가득한 불경을 내밀었다면, 나는 과부하로 머릿속이 터졌을지도 모른다.

여전히 날은 추웠지만, 운동장 한구석 화단에 핀 꽃들이 계절이 바뀌었음을 알려주었다. 게다가 봄이 됐음을 알리는 비까지 제법 거세게 내리고 있었다. 달리기를 할 수 없게 된 나는 그냥 하루 쉬기로 했다. 접견 때문에 미란 언니가 운동을 빼먹었다는 것도 좋은 핑곗거리였다.

영신 이모와 함께 나무로 된 벤치에 앉아 비를 구경했다. 흙 위로 비가 내리면서 특유의 냄새를 맡을 수 있었다. 운동시간이 끝나가자 이모와 함께 다른 사람들보다 먼저 움직였다. 이모는 몸이 불편해서 남들보다 먼저, 아니면 아예 나중에 움직이는 게 편했다.

"어머!"

영신 이모가 걸음을 멈추었다. 그녀가 발을 디디려던 곳에 지렁이 한 마리가 꿈틀거리고 있었다.

"밟을 뻔했네. 얘도 살겠다고, 흙 있는 곳으로 기어가는 중이었는데 말이야."

"아플 거 같아요. 몸이 피투성이에요."

건물 아래에 있었을 지렁이는 운동장을 향해 나아가던 중이었다. 그러려면 중간에 있는 시멘트를 통과해야 했다. 인간에게는 고작 몇 발짝에 불과한 그 길을 건너기 위해 녀석은 목숨까지 건 기나긴 모험을 해야 했다.

"서아야. 알겠다. 이제 알겠어."

"뭐를요?"

"내가 고민하는 게 있다고 했잖아. 왜 야곱을 지렁이 같다고 했는지."

이모는 '이사야'라는, 성경의 예언서 부분을 다시 읽기 시작했는데, 거기에 '너 지렁이 같은 야곱아'라는 부분을 이해할 수 없다고 했다. 야곱이 누군지도 모르는 내게 물어볼 수도 없어서 답답하다며 한숨을 쉬기도 했다.

"모든 인간을 야곱으로 지칭했다는 건 이해했는데. 왜 하필 지렁이였는지, 사랑하는 백성을 그런 미물에 비유했는지는 이해를 못 했거든. 직접 지렁이를 보니까 알겠어. 얘도 지금 살겠다고, 몸이 쓸려 피를 흘리면서도 광야를 건너는 거야. 이렇게 괴로워 몸부림치면서. 힘들다고 멈추면 말라 죽겠지. 비를 내려달라고 기도하는 것보다 고통을 참으면서 조금씩이라도 나아가야 구원받을 수 있다는 걸, 이 지렁이도 아는 거야. 세상에. 지렁이처럼 하찮다는 게 아니었어. 우리를 딱하게 보신 거야. 하나님이."

그녀가 눈물을 글썽였다.

나는 그녀가 하는 말을 모두 이해할 수는 없었지만, 내 삶도 지렁이와 비슷하다는 건 공감할 수 있었다. 지렁이는 시멘트를 건너 흙에 도착해야 지렁이답게 살 수 있다. 나도 이 교도소에서 있는 시간을 견뎌내고 링 위에 올라야 나답게 살 수 있다.

"그러니 우리도 조금씩 나아가자. 서아야, 우리 같이 나아가자."

그녀의 오른팔에 팔짱을 끼고 부축하고 있던 터였다. 그녀가 왼손으로 내 얼굴을 어루만졌다. 내 손은 얼음장처럼 차가웠는데, 그녀의 손은 따뜻했다. 내 얼굴을 가만히 바라보던 그녀가 내 뺨을 어루만졌다.

"서아야. 너 내 딸 해라."

나는 그녀의 눈을 마주 보며 말없이 고개를 끄덕였다.

복수

해가 뜨기 전이었지만 이미 건물 윤곽이 드러났을 정도로 밝았다. 새벽이라 그나마 선선한 게 다행이었다. 다만 옷에서 눅눅한 냄새가 나는 게 찝찝했다.

"흐음……."

잠시 마스크를 벗고 한껏 숨을 들이켜보았다. 이것이 자유세계의 공기라고 생각하니 새삼스러웠다. 높은 담벼락을 손으로 만져보았다. 담 바깥쪽에서 만져본 것은 처음이었다. 맡겨놓은 영치품도 없는 덕분에, 보안과에 가장 늦게 들어간 내가 가장 먼저 나왔다.

빈손으로 교도소 쪽문을 빠져나왔다. 문이 열리자 기대에 찬 눈으로 출소자를 기다리고 있던 이들이 나를 보고는 실망한 듯 탄식했다. 요즘은 출소했다고 두부를 먹이지 않는다는데, 머리가 하얗게 센 노파 한 분이 두부를 든 채 하염없이 쪽문만 지켜보고 있었다.

"서아야."

나를 부르는 목소리가 들렸다. 이 주임 언니였다. 운전석 창문을 내린 그녀가 내게 환한 웃음을 보이며 손짓했다.

"빨리 타. 사람들 보기 전에."

그녀가 아니었으면 버스가 다니는 곳까지 한참을 걸어가야 했을 것이다. 담장 안에 있을 때는 보이는 게 건물과 담뿐이어서 이곳이 제법 깊숙한 산속이라는 걸 잊게 된다.

조수석 문을 열고 차에 탔다. 창문을 열어두었지만, 차 안에서는 희미하게 담배 냄새가 났다. 가벼운 운동복 차림에 야구 모자를 눌러쓴 이 주임 언니는 교도관처럼 보이지 않았다.

"이럴 땐 휴가를 마음대로 못 쓰는 직업인 게 아쉽네. 집까지 데려다주고 싶었는데."

"아니에요. 저 때문에 괜히 일찍 일어나시고. 고마워요, 언니."

"아침 먹고 가. 맛있는 집 있어."

이 주임 언니는 주간 근무를 앞두고 있었다. 아침 여덟 시까지 출근해야 하니 그녀에게 남은 시간은 두 시간 남짓. 내게 투자하지 않았으면 여유로운 아침이 됐을 터였다. 미안하고 고마웠다.

도로를 질주하는 그녀의 경차는 여전히 위태로웠다. 이십 분 정도 달리던 차가 멈춘 곳은 시외버스터미널 근처에 있는 기사식당이었다. 이 주임 언니는 자리에 앉기도 전에 시골밥상 2인분을 주문했다.

"더 맛있는 거 먹자니까."

"진짜로, 다른 거 말고 집밥이 먹고 싶었어요."

"그래도."

주문하자마자 상 위에 갖가지 반찬이 올라오더니 몇 분 되지 않아 보리밥과 된장찌개가 나왔다. 교도소에서도 먹어본 음식이지만 담음새와 냄새부터 달랐다. 수저를 바쁘게 움직였다.

"왜 그렇게 빨리 먹어? 나 시간 충분해. 천천히 먹어."

"너무 맛있어서요."

"그래. 꼭꼭 씹어먹고."

이 주임 언니는 친언니가 나이 차이 크게 나는 동생에게 하는 것 같은 말투로 말했다. 공깃밥 한 그릇까지 추가해 순식간에 해치웠다.

이른 아침을 먹고 나와서 아이스아메리카노를 하나씩 마셨다. 터미널 근처라 그런지 일찍 문을 연 식당과 카페가 많았다. 어느새 해가 떠올라 세상이 훤히 밝아졌다.

차에 잠깐 들러야 한다고 해서 함께 주차장으로 향했다. 그녀는 차 뒷자리에서 쇼핑백 하나를 꺼내더니 선물이라며 내밀었다. 일산까지 가는 시외버스표를 끊어준 것도 모자라 선물까지 받을 염치가 없었다. 연신 사양하자 그녀가 정색하며 말했다.

"언니가 주는 거니까 받아. 이거 뇌물이야. 나중에 언니 모른 척하기 없기."

"알았어요, 언니."

"저기 NC 백화점 화장실 가서 갈아입자. 서둘러. 입은 거 보고 싶어.”

“네. 빨리 가요.”

깔끔한 흰색 티셔츠에 검정 슬랙스, 거기에 그녀가 쓴 것과 똑같은 야구 모자에 발이 편한 스니커즈까지, 그녀에게 받은 선물로 머리부터 발끝까지 완전히 변신했다.

그리고, 그녀를 보낼 시간이 다가왔다.

“언니. 정말 고마웠어요.”

“내가 해준 게 뭐가 있다고.”

“꼭 다 갚을게요. 언니한테 받은 게 너무 많아요.”

“그래. 언니가 응원할게. 운동 열심히 해.”

누군가와 헤어지는 건 늘 적응이 되지 않는다.

운동장에서 마지막 인사를 나누며 화선 언니가 내 손을 꼭 잡았을 때, 그리고 통 말이 없는 주아가 행복하게 잘 살라는 말을 하며 나를 살짝 안아주었을 때, 이미 눈물을 잔뜩 흘렸다. 하지만 내가 힘들 때마다 의지가 되어주고, 나를 믿어주었던 이 주임 언니와 헤어지려니 다시 눈물이 났다. 좀처럼 발걸음이 떨어지지 않았다.

“영신 이모 좀 잘 부탁드려요.”

떨리는 목소리로 말했다. 이 주임 언니가 손등으로 눈가를 닦으며 대답했다.

“얘, 그분은 걱정할 필요도 없어. 그 콧대 높은 보안과장도 나한테 얘기하더라. 잘 챙겨드리라고. 대체 얼마나 대단하신 분이야?”

일산까지 가는 시외버스가 곧 출발한다는 안내방송이 울렸다. 이 주임 언니가 내 등을 떠밀었다. 버스에 올라 자리를 잡았다. 언니와 나는 버스가 터미널을 빠져나갈 때까지 손을 흔들었다.

두 시간 반 만에 일산에 도착했다. 터미널 주변은 한가했다. 학생들은 학교에서, 직장인은 회사에서 한창 바쁠 시간이었다. 친구들은 코앞으로 다가온 수시 준비가 한창이겠지만, 나는 할 것도, 갈 곳도 없었다. 그렇다고 집에 가서 온종일 청소하고 방 정리를 하고 싶지는 않았다.

길을 건너 한참을 걸었다. 오랜만에 온 호수공원의 모습은 여전했다. 제법 추운 날씨에도 노인들이 걷기 운동을 하고 있었다. 그 모습을 보자 갈 곳이 생각났다. 할배가 기다리고 있을 체육관으로 향했다. 걸음이 조금씩 빨라지다가 아예 뛰기 시작했다.

***

영신 이모는 나를 자신의 양녀로 입적했다. 하지만 그녀에게 '엄마'라고는 차마 부를 수 없었다. 그러기에는 돌아가신 엄마한테 미안했기 때문이었다. 이모에게 솔직히 얘기하자 빙긋이 웃으며 그냥 이모라고 불러도 괜찮다고 했다. 나는 내가 교도소에 들어간 지 2년 만에 가석방으로 풀려날 수 있게 된 것도 영신 이모 덕분이라고 생각한다.

딸이 되겠다고 약속한 뒤, 나는 그녀에게 비밀을 털어놓았다. 죽을 때까지, 누구에게도 말하지 않기로 다짐을 받고, 소미네 아빠와 한 거래에 관해 얘기해주었다. 그러자 그녀는 모든 걸 원위치로 되돌려놓자며 화를 냈다.

“세상에! 너는 잘못한 게 하나도 없잖아. 엄마를 살리려고 거짓말한 거? 얘, 나라도 그렇게 했겠다. 그것들을 그대로 둬?”

“성경에 원수도 사랑하라고 했잖아요.”

“그래도 이건 아니야. 내 딸이 그런 일을 당했는데 내가 어떻게 참니?”

우리는 이 문제를 두고 오랫동안 논쟁했다. 그녀가 말하는 복수는 모세 오경이나 함무라비 법전에 적힌 것과 비슷한 내용이었다. 당한 만큼 갚아줘야 한다는 것이었다.

하지만 함무라비 법전에서 말하는 보복의 원칙은 과도한 보복을 삼가라는 내용이다. 구약에서 말하는 것보다는 진보한 것이었다. 눈을 잃은 피해자에게 보복할 권리를 주면 상대의 눈뿐 아니라 이까지 상하게 할 수 있다는 관점에서, 과도한 복수를 하지 못하도록 정한 내용이라고 화선 언니가 알려주었다.

교도소에 들어간 지 2년 만에 정기가석방 적격심사 대상 명단에 올랐다. 가석방은 재소자나 교도관이 따로 신청하는 것이 아니다.

일정 기준에 맞는 A등급 재소자를 모두 대상에 올린다. 나는 매일 쉬지 않고 미란 언니와 운동만 하고 있었다. 가석방으로 풀려나게 됐다는 소식을 들었을 때는 어안이 벙벙했다.

영신 이모는 아니라고 했지만, 내가 가석방으로 풀려나온 게 그녀 덕분이라고 생각하는 이유가 있다. 영신 이모는 변호사를 시켜 죽은 세희 언니네 가족과 접촉했다. 세희 언니 어머니는 나를 용서한다는 내용의 탄원서를 제출했다. 불쌍한 사람끼리만 서로 돕는 모양새가 됐다.

나를 자꾸 혼란스럽게 만드는 건 상구 아저씨였다. 그는 한 젊은 여성을 죽음에 이르게 만들었다. 그리고 사죄하기 위해 스스로 목숨을 끊었다. 유서 한 장 남기지 않았기에, 그의 진심이 세희 언니네 가족에게 닿지는 않았을 것이다. 그리고, 세희 언니와 상구 아저씨 모두를 죽음에 이르게 만든 쪽은 아무런 대가를 치르지 않았다.

출소 전날, 영신 이모와 마지막으로 운동장에서 바람을 쐤다. 햇빛이 따가웠지만, 그늘 밑 벤치에 가만히 앉아 있으니 바람이 솔솔 불어와 상쾌했다. 그녀가 어느새 길게 자란 내 머리칼을 쓰다듬으며 말했다.

"딸아. 예수님은 원수를 사랑하라고 하셨어. 그런데 예수님은 그렇게 하셨더래도, 엄마는 그렇게는 못 하겠다. 그래도 네가 그러지 말랬으니 그대로 갚아주지는 않을게. 엄마가 엄마 방식대로 알아서

할게. 대신 너, 꼭 이겨라. 네가 이길 때마다 그들이 두려워하게 해줄게. 그들이 하나님을 찾게 해줄게. 웃어라. 이길 때마다 활짝 웃어."

그녀의 표정과 말투가 평온해져서 다행이었다.

내가 생각한 최선의 복수는 용서였다. 돌아가신 엄마를 생각하면 용서하기 힘들지만 그렇게 하려고 노력했다. 한편으로 내가 용서할 자격이 있기나 하느냐는 생각도 들었다. 애초에 소미네 아빠의 제안에 덜컥 응해버린 건 내 책임이기 때문이다. 하지만 시간을 돌린다고 해도 나는 같은 선택을 했을 것이다.

모르겠다. 복잡하다. 신이 있다면 해결해주겠지.

***

쉭! 쉭! 섀도복싱으로 몸을 풀었다. 쉬고 있으면 긴장 때문에 몸이 굳을 것 같았다. 난방 시설도 없는 곳이라 입김이 나왔다.

전날 계체량을 마치고 모처럼 고기를 실컷 먹고 싶었다. 하지만 뱃속이 좋지 않았다. 할배가 시키는 대로 미지근한 물부터 잔뜩 마신 뒤 김빠진 탄산음료에 칼국수와 빵으로 배를 채웠다. 다행히 자고 나니 속이 편해져서 아침과 점심은 푸짐하게 먹을 수 있었다.

실내체육관의 선수대기실이라고 해봐야 사물함과 의자 몇 개가 있는 게 전부였다. 임시로 설치한 모니터에서는 여자 복싱 페더급

세계타이틀매치 도전자 결정전이 한창이었다. 광주에서 올라온 언니가 태국에서 온 선수를 상대했는데, 승부는 마지막 10라운드까지 이어졌다.

"왕서아 선수, 입장 오 분 전입니다."

스태프의 말에 정신이 퍼뜩 들었다. 경기를 보느라 그새 정신이 팔린 상태였다. 할배가 혀를 차더니 버럭 소리를 질렀다.

"이놈아, 정신 차려! 너는 긴장도 안 되냐?"

"할배, 할배야말로 왜 그렇게 긴장했어요? 시합은 내가 뛰는데."

"긴장은 무슨! 자, 연습한 대로 하는 거야. 알았지? 네 스타일대로. 말리면 안 돼!"

"알았어요. 아니, 무슨 시합 직전까지 잔소리를 해요?"

할배와 나는 평소처럼 티격태격하며 긴장을 풀었다.

"자, 입장하시면 됩니다."

드디어 경기장으로 향한 문이 열렸다. 관중석에서 엄청난 함성이 쏟아졌다. 크리스마스 이브여서 그런지 한껏 들뜬 분위기였다.

방송국 카메라가 내 코앞까지 다가왔다. 이전까지 내가 치른 경기는 한 번도 중계된 적이 없었다. 카메라를 향해 오른 주먹을 내보였다. 내가 입은 가운과 탑, 그리고 신발과 머리카락까지, 모두 형광 주황색이었다. TV를 보며 나를 응원하고 있을 화선 언니가 깜짝 놀라는 모습을 상상하니 기분이 좋았다.

할배가 수건으로 내 등을 팡팡 두드렸다. 링까지 나 있는 길을 따라 할배와 함께 입장했다. 링에 가까이 갈수록 조명 때문에 눈이 부셨다. 경쾌하게 계단을 올라 로프 사이로 몸을 집어넣었다. 이제 이 사각의 링 위에서 난 철저히 혼자다.

"양 선수를 소개하겠습니다."

링 아나운서가 선수 소개를 했다. 상대는 중국에서 왔다. 흰색 탑에 검정 팬츠를 입었고, 길게 땋은 머리가 인상적이었다. 눈매가 아주 매섭고, 몸이 단단해 보이는 선수였다.

"자, 서아야. 흥분하지 마. 흥분해서 말려들지 마."

할배는 내 입에 마우스피스를 물려주면서도 잔소리였다. 가운을 벗어 할배에게 건넸다.

일본인 주심이 나와 중국 선수를 링 가운데로 불렀다. 영어로 주의사항을 짧게 얘기해준 뒤 나와 중국 선수를 향해 차례로 "OK?"라고 물었다. 우리는 고개를 끄덕인 뒤 글러브를 마주치며 페어플레이를 다짐했다.

다시 코너로 돌아갔다. 심장이 쿵쾅거리기 시작했다. 기분 좋은 흥분이었다. 제자리에서 발을 구르며 예열했다.

땡!

종이 울리며 10라운드 경기가 시작됐다. 관중들의 응원하는 소리가 고스란히 귀에 들렸다.

링 중앙으로 가서 상대와 다시 주먹을 마주쳤다. 역시나 마주 보고 있는 것만으로도 불편했다. 상대는 사우스포, 즉 왼손잡이였다.

나는 왼발, 그녀는 오른발을 앞으로 내민 상태로 움직이니, 상대 발을 밟거나 밟힐까 봐 신경이 쓰였다. 주먹도 마찬가지다. 나는 왼주먹, 그녀는 오른 주먹이 앞에 와 있다. 거울을 보듯 대칭이다.

쉭! 가볍게 상대 가드 위로 잽을 날려보았다. 상대는 물러서지 않았다. 스타일이 비슷한 인파이터 복서끼리 맞붙은 경기다. 우리는 아웃복서처럼 거리를 조절하면서 싸우지 않는다. 오로지 힘과 힘, 기술과 기술끼리, 피하지 않고 정면으로 대결하는 복서들이다.

종종 여자 복싱이 재미없다고 얘기하는 건 좀처럼 화끈한 KO 승부가 나오지 않아서다. 10라운드까지 질질 끌고 가서 판정으로 끝나는 경기를 보고 싶어 하는 복싱 팬은 없다. 하지만 나와 상대 선수는 경량급에 속하는 플라이급 체급임에도 지금껏 절반이 넘는 KO승을 거두었다. 나는 두 번, 그녀는 세 번의 1라운드 KO승 기록도 가지고 있다.

몇 번의 가벼운 주먹 교환으로 탐색전은 끝났다. 이제 누가 먼저 때려눕히느냐만 남았다. 상대가 오른손 잽을 연달아 날리더니 내 배를 향해 왼손 스트레이트를 뻗었다. 뒤로 피한 뒤 곧바로 반격했다. 마음먹고 날린 오른손 훅이 상대가 내민 왼팔에 감겨버렸다.

사우스포를 상대하면 이런 점이 힘들다. 사우스포는 나 같은 오소독스(오른손잡이)를 많이 상대해봤지만, 오소독스는 사우스포를 상대로 연습할 수 있는 경우가 드물기 때문이다. 그래서 나는 미란 언니에게 고마웠다. 교도소 헬스장에서 그녀와 스파링을 하며 사우스포 공략에 관해 집중 연구를 시작했기 때문이다.

잽과 스트레이트에 이어 훅이나 어퍼컷을 뻗으면 상대 팔과 엉키는 패턴이 라운드 내내 반복됐다. 공이 울리면서 별 소득 없는 1라운드가 끝났다.

"잘했어. 말려들지 마. 눈치작전이야. 저쪽도 역습 전략이라고."

"그런데, 할배. 상대 품으로 파고들어야 이긴다면서요?"

"그렇지. 그랬지. 그런데 걔도 마찬가지야. 그러니까……."

"상대가 경험이 더 많잖아요. 체력도 좋던데, 뒤로 가면 운영에서 밀리지 않을까?"

"3라운드까지. 3라운드까지는 일단 힘을 빼놔. 그다음에 조지자고."

땡! 다시 공이 울리며 2라운드가 시작됐다.

잽을 복부에 던지는 척하면서 안면에 스트레이트를 날렸다. 상대는 내 패턴을 예상하고 위빙으로 가볍게 피했다. 나 역시 동영상으로 상대 경기를 수없이 분석했다. 그녀가 번갈아 훅을 날린 뒤 어퍼컷으로 턱을 노렸다. 그 패턴을 알고 있기에 가드로 손쉽게 막았다.

2라운드 역시 커다란 공방 없이 끝났다. 3라운드 역시 마찬가지였다.

할배와 약속한 4라운드, 나는 뒤도 돌아보지 않고 상대를 몰아세우려 했다. 아웃복서와 상대할 때처럼 물러서지 않고 링 코너로 거세게 몰자, 역시나 상대가 당황하는 게 보였다. 가드 위로 원투를 날린 뒤에 복부를 향해 어퍼컷을 날렸다.

퍽! 제대로 꽂혔다. 1라운드 이후로 최초의 클린히트였다.

상대 역시 여기서 물러서면 불리하다는 걸 잘 알고 있었다. 복부에 충격이 있는 게 분명한데도 상체를 숙이지 않았다. 오히려 거세게 주먹을 내밀었다. 상대가 오른손 잽을 날리는 타이밍에 바깥쪽으로 돌았다. 레프트 훅으로 턱을 맞출 기회였다.

그때 상대가 재빠르게 발을 움직이며 자세를 바꾸더니 왼손 스트레이트를 내 턱에 꽂았다. 펑! 역시 묵직한 주먹이었다. 순간 정신을 잃을뻔했다. 사우스포의 왼손만큼 무서운 것은 없다. 생각지도 않은 타이밍에, 생각지도 못한 곳에서 날아오기 때문이다.

아찔한 주먹을 허용했지만 나 역시 물러서지 않았다. 원투를 연달아 날리며 충격을 받지 않았음을 상대에게 알렸다. 그리고 갑자기 시작된 난타전. 우리는 체중이 가득 실린 주먹을 쉼 없이 주고받았다. 관중석이 뜨거워졌다. 하지만 서로의 가드 위였다. 아주 작은 빈틈 하나를 노리며 우리는 서로의 체력을 소진했다. 그때였다.

퍼억!

버팅이었다. 발이 엉키며 중국 선수의 머리가 내 오른쪽 눈썹 아래를 때렸다. 주심이 잠시 경기를 멈추었다. 워낙 잘 찢어지는 부위여서 곧바로 피가 흐르기 시작했다. 복싱에서 흔히 있는 일이라 고의라고는 생각하지 않았다. 응급처치를 마치고 다시 시작된 경기에서 또 한 번의 버팅을 당하기 전까지는 그랬다.

퍽! 주심은 두 번째 버팅을 잡아내지 못했다. 하필 아까 맞은 부위와 비슷한 곳이었다. 다시 피가 흘러 눈으로 들어갔다. 주심이 경기를 멈추지 않으니 왼쪽 눈만 뜨고 싸워야 했다. 분하고 답답했지만 웃음이 새어 나왔다. '네가 이렇게 나온다 이거지? 그대로 복수해주마.'

할배가 반칙인데 왜 멈추지 않느냐고 고래고래 소리를 질렀다. 그것도 웃겼다. 한국말로 말했으니 일본인 심판이 알아들을 리 없었다. 나는 마우스피스를 이로 악물었다.

"1분! 서아야, 1분 남았어!"

할배가 1분 남았다는 신호를 주었다. 그 정도면 복수하기에 충분한 시간이었다.

버팅으로 감점을 받았으니 중국 선수 역시 판정으로 갈 생각이 없어 보였다. 우리는 소싸움을 하듯 서로 머리를 들이댄 채 단 한 번 껴안지도 않고 싸웠다. 상대는 피가 흐르는 내 오른쪽 눈 주위를 향해 집중적으로 주먹을 내밀었다. 나는 아랑곳하지 않고 그녀가 왼손으로 큰 걸 노리기만 기다렸다.

라운드가 끝나갈 무렵, 드디어 기회가 찾아왔다. 상대가 내 얼굴을 향해 있는 힘껏 왼 주먹을 날렸다. 이 순간을 대비해 머리를 뒤로 젖히며 시계 반대 방향으로 크게 도는 연습을 얼마나 많이 했던가. 조금이라도 늦으면 위험한 기술이다.

미란 언니를 상대로 연습할 때도 수많은 시행착오를 겪었다. 불과 0.1초라도 늦으면 왼손 훅에 걸려 바닥에 눕곤 했다. 0.2초가 늦으면 상대가 내 얼굴을 향해 오른 주먹을 내려찍는다. 이 역시 스쳐도 기절이다.

부웅. 그녀의 왼손 훅이, 그녀의 턱에서 떨어지는 땀방울이, 환호하는 관중들의 몸짓이, 온 세상이, 슬로비디오로 보는 것처럼 느리게 느껴졌다. 아무 소리도 들리지 않았다. 감고 있던 오른쪽 눈을 부릅떴다.

오른발을 빠르게 움직여 그녀의 몸 왼쪽으로 빠져나갔다. 이윽고 그녀의 왼손 훅이 내 왼쪽 어깨 위를 통과했다. 이 상황을 만들기까지 수천 번 연습했다. 정석대로 시계 방향으로 피하지 않은 이유가 있다. 이제 그녀의 시야에는 내가 보이지 않는다.

그녀의 왼쪽 관자놀이를 향해 오른손 카운터 펀치를 뻗으며, 나는 웃고 있었다.

에필로그

한국의 복싱 침체기는 길게 이어졌다. 지방에 있는 체육관에서 복싱 경기가, 그것도 세계 챔피언 타이틀 매치가 열리는 건 오랜만이었다. 관중석에서 엄청난 환호성이 터져 나왔다. 불과 몇 초 전까지 침울했던 중계진 역시 흥분에 가득 찬 목소리로 중계를 이어갔다.

"왕서아! 해냈습니다! 왕서아의 라이트 훅이 리밍을 쓰러뜨렸습니다!"

"네. 정말 타이밍이 좋았어요. 참 놀라운 스텝이네요. 리밍 선수, 지금 자신이 왜 쓰러졌는지도 모를 거예요."

"여자 프로복싱 플라이급에서 새로운 세계 챔피언이 탄생했습니다! 대한민국의 왕서아!"

리밍 선수는 여전히 바닥에 엎드려 누운 채였다. 서아가 상대에게 다가가 글러브로 등을 두드리며 위로해주었다. 장명팔 관장이 링 안으로 들어가 서아를 번쩍 들어 올렸다. 링 코너에서 세컨드를 보던 미란이 서아의 얼굴에 묻은 피를 닦아주었다.

링 아나운서가 마이크를 들고 올라왔다.

"영신 저축은행이 주최하는 여자 프로복싱 플라이급 세계 챔피언전, 대한민국의 왕! 서! 아! 선수의 4라운드 2분 48초, KO승으로 끝이 났습니다."

펑! 축포를 쏘자 체육관에 꽃가루가 뿌려졌다.

정장 차림의 복싱 관계자와 스폰서들이 하나둘씩 링 위로 올라왔다. 챔피언이 된 서아는 중계 카메라를 향해 포효했다. 그 모습에 중계진도 함께 흥분했다. 세계 챔피언 출신의 해설자는 침체에 빠졌던 한국 복싱에 새로운 영웅이 탄생했다고 했다.

"그렇습니다! 별명이 아서왕이라고 하죠? 다섯 경기 연속 KO승을 거둔 여고생 챔프 아서왕이 두 팔을 번쩍 들었습니다. 메리 크리스마스! 성탄 선물로 챔피언 벨트를 받는 왕서아! 이 선수가! 아직! 십 대입니다!"

"방송통신고등학교 재학 중이라고 하죠?"

"네! 본 경기의 메인 스폰서인 SM 병원, 병원장이 직접 올라와 챔피언에게 금일봉을 전달하고 있습니다! 옆에는 따님인 것 같죠? 꽃다발을 전해줍니다."

SM 병원이 서아의 스폰서가 되면서 병원장은 서아의 시합이 있으면 매번 체육관을 찾았다. 서아는 모든 경기에서 이겼고, 그때마다 그는 링에 올라와 그녀를 축하해 주어야 했다.

"오늘 애국가를 불렀던 가수 애슬 양도 링 위로 올라왔습니다. 둘이 오랜 친구라고 하지요?"

붉은색 투피스에 흰색 니삭스로 깜찍한 산타 복장을 한 애슬이 서아를 향해 두 팔을 벌렸다.

"참 보기 좋네요. 영화의 한 장면 같습니다!"

"그렇습니다. 끌어안고 우는 두 친구! 한 친구는 세계 챔피언이 됐습니다. 또 한 친구는 전 세계인에게 사랑받는 명품 보컬이 됐습니다."

체육관에 애슬의 노래가 흘러나왔다. 그녀는 자신이 출연한 드라마의 OST를 직접 부른 것을 계기로 대한민국을 대표하는 R&B 가수가 됐다.

허리에 커다란 챔피언 벨트를 찬 서아를 향해 장내 아나운서가 소감을 말해달라며 마이크를 건넸다. 서아가 잠시 눈을 감고 있다가 입을 열었다.

"엄마, 보고 계시죠? 사랑합니다."

떨리는 목소리였지만, 그녀는 환하게 웃고 있었다.

***

한 지상파 시사 고발 프로그램은 SM 병원이 '장기등 이식에 관한 법률'을 위반했다는 제보 내용을 다룬 뒤 병원장의 친인척 채용

논란까지 잇달아 폭로했다. 인터넷 커뮤니티에서도 피해 사례가 여러 건 올라왔지만 수사로 이어지는 일은 없었다.

병원장 딸 소미는 유학 중 방학을 맞아 인천국제공항으로 입국하다 마약 밀반입 혐의로 체포되었다. 인천지법 영장 전담 부장판사는 영장실질심사를 마친 뒤 구속 영장을 기각했다. 마약상 몇이 경찰 조사를 받아 재판을 앞두고 있다.

유도선수 출신인 전미란은 출소 후 종합 격투기 선수로 데뷔했다. 세 차례 경기를 치렀으나 아직 1승을 거두지 못했다. 대학 선배들과 함께 하월곡동에서 주짓수 체육관을 운영하면서 술집 아르바이트도 병행하고 있다.

송영신은 본인 소유의 저축은행 지분을 처분해 학교 폭력 피해자와 가족을 위한 재단을 설립했다. 왕서아는 시간이 날 때마다 그녀를 면회하는데, 교도소 측에서는 가족 접견실을 이용할 수 있도록 배려해 주고 있다.

시드니에서 열린 타이틀 방어전을 승리로 마치고 귀국한 왕서아는 당분간 국내에 머물며 다음 시합을 준비할 예정이다. 장명팔 관장은 언론과의 인터뷰를 통해 석 달 뒤 미국에서 슈퍼 플라이급 통합 타이틀전을 치를 예정이라고 밝혔다.

작가의 말

복싱밖에 모르는 여고생이 할 수 있는 최고의 복수에 대한 고찰

작년 여름까지 나는 '창작의 행군'이라는 시간을 보냈다. 짧으면 짧고 길다면 긴, 2년이라는 시간 동안 오로지 장편 집필에만 전념한 것이다. 이 소설은 그 기간 중 여섯 번째로 쓴 장편이다. 쓰는 동안 나는 이 이야기에 완전히 사로잡혔다.

여고생이라는 발랄한 단어가 들어간 제목과 달리 무겁고 어두운 내용이 많다. 그럼에도 독자가 빠르게 다음 장을 넘기기를 기대하며, 나 역시 어느 때보다 빠른 속도로 집필했다. 보름에 걸쳐 하루 평균 47매를 썼다. 스트레칭과 근력 운동, 달리기, 피아노라는 루틴을 지키며 온전히 이 글에만 매달렸다.

'복싱밖에 모르는 여고생이 할 수 있는 최고의 복수에 대한 고찰.' 퇴고를 마친 뒤 엑셀에 기록한 한 줄 요약이다. 더 줄이자면 '절망에 빠진 소녀의 분투기'다. 출간을 위해 원고를 교정하며 다시 읽어보니 두 단어로도 정의할 수 있을 것 같다. '안갚음*'과 '앙갚음'이다.

서아는 2003년 7월 2일에 태어났다. 여고생, 챔프, 아서왕, 이 세 단어 조합의 연유에 대한 에피소드부터 시작해, 제법 밝은 분위기로 이야기가 이어진다. 우연한 계기로 복싱을 시작한 그녀는 고등학교 1학년에 아마추어 복싱 한국 챔피언이 된다. 하지만 곧바로, 십 대 청소년이 혼자 감당할 수 없는 일이 벌어진다.

홀로 자신을 키운 엄마를 너무도 사랑했기에, 서아는 소미 아빠가 던진 미끼를 물 수밖에 없었다. 그러니까, 엄마에게 안갚음하려던 효심이 되레 그녀를 구렁텅이로 내몬 발단이 된 것이다. "그녀는 대체 무슨 잘못을 했을까?" 불행에 빠진 이에게 이토록 잔인하고 무례한 질문은 없다.

단기적으로, 세상은 잘 짜인 플롯처럼 돌아가지 않는다. 불행한 일은 약자에게만 벌어지는 것 같고, 악인은 좀처럼 심판받지 않는다. 양자역학이 세상에 나타난 이후 인과율이 폐기될지 모른다는 우려가 있었다. 하지만 전보다 주가가 조금 하락했을지언정, 인과율은 여전히 유효하다.

한편, 우리 문명이 이토록 발달할 수 있던 까닭은 자연의 인과율

* 자식이 커서 부모를 돌보는 일

에 반동한 혁명가들이 있었기 때문이기도 하다. 여름이 되면 태양 고도가 높아져 기온이 올라간다는, 이 당연한 법칙에 저항한 윌리스 캐리어는 에어컨을 만들어 더운 지방에 사는 인류를 구원했다.

이 소설이 책으로 나오기까지 내가 한 역할은 워드프로세서로 글을 쓰는 것이었다. 편집과 표지 디자인부터 시작해 디지털데이터가 활자로 바뀌어 서점에 자리하는 과정까지 출판사와 인쇄소를 비롯한 수많은 조력자가 필요했다.

불확실성의 세계에 깊숙이 빠져버린 서아도 그랬다. 혼자서 할 수 있는 일은 아무것도 없었다. 그때 조력자가 나타난다. 그녀가 할배라고 부르는 장명팔 관장, 머리숱이 적은 변호사, 화선 언니와 감방 식구들, 영신 이모, 미란 언니, 교도관을 비롯한 많은 이들이 그녀를 도왔다.

이야기가 어떻게 흘러갈지 초반부터 짐작할 수 있는 구조다. 먼저, 메인 빌런인 소미 아빠 때문에 작중 가장 큰 갈등이 빚어진다. 많은 독자가 그에 대한 서아의 화끈하고 개운한 복수, 즉 앙갚음을 기대하며 책장을 넘겼을 것이다. 소설 전체에 '복수'라는 단어가 스무 번 가까이 나오기도 한다.

복수의 대상에는 구치소에서 만나 질긴 악연이 이어진 지영 언니와 그 일당도 포함된다. 서아는 자기 손으로 지영 언니에게 복수를 감행한다. 소심한 그녀로서는 꽤 무지막지한 복수였지만, 독자의 기대보다는 조금 싱거웠을 수도 있겠다.

토라의 주요 사건 중 하나인 '엑소더스'는 수많은 창작물에 영향을 주었다. 출애굽 이전 시대에도 비슷한 이야기 구조는 있었을 것이다. 이상향을 향해, 본질적 가치를 위해, 지금 있는 곳을 떠난 주인공이 온갖 시련을 거치며 성장하는 이야기는 우리에게 낯설지 않다. 다 쓰고 나서야, 서아의 분투기가 그런 구조와 비슷하다는 생각이 들었다.

출애굽기는 노예였던 유대민족이 이집트 땅을 떠나 약속의 땅으로 향한다는 내용을 담고 있다. 인상적인 부분은 신이 이집트에 내린 재앙과 홍해를 가른 기적이다. 영화처럼 강렬한 얘기지만, 이후 전개는 답답하다. 신은 파라오까지 이용해 그들을 해방시켰고, 메추라기와 만나라는 일용할 양식을 주며 광야에서도 먹여 살렸지만, 유대인은 자꾸만 흔들렸고 신을 의심했다.

모세의 조력자였던 형 아론은 백성들이 원하는 대로 황금 송아지 상을 만든다. 불안에 빠진 대중은 강력한 힘에 이끌리기 마련이다. 그래서 넘치는 풍요와 처절한 복수를 약속하는 카리스마적인 리더를 추종한다. 하지만 속 시원한 말을 자주 하는 사람은 실제로는 무능력한 겁쟁이 포퓰리스트일 확률이 높다. 그런 말에 현혹되는 사람은 파시스트가 되기 쉽다.

다시 소설로 돌아오자면, 감옥에 들어간 서아가 다시 세상에 나와서 통쾌한 복수를 하는 얘기가 펼쳐지기를 기대했을 것이다. 그런데 기대와 달리 수감생활 이야기가 길게 이어진다. 주인공이 시련을 겪는 이야기를 싫어하는 사람이 많다는 걸 알지만, 서아에게는 담금질하는 시간이 필요했다.

출애굽 사건의 유대민족이 그랬듯, 성서에는 자의든 타의든 광야를 거치는 이들이 자주 등장한다. 광야는 죽음의 공간이다. 혼자 할 수 있는 일이 거의 없는 그곳에서, 그들은 자신이 아무것도 아니라는 것을 깨닫는다. 현대인도 광야를 경험한다. 가족이나 회사 같은 안온함을 떠나면 이내 광야에 들어서 혹독한 시련과 마주하게 된다.

그곳에서 담금질을 마쳐야 깨달음을 얻는다. 거듭나게 된다. 무엇이 본질이고 무엇이 중요한지, 무엇을 버리고 채울지를 알게 된다. 광야를 이긴 사람은 단단하고 담담하다. 출가한 석가모니 역시 궁전 밖 세상이라는 광야와 마주했고, 고행을 통해 욕망을 버리며 대각을 이루었다. 공포에 맞서며 고치를 만들고, 그 안에서 죽고 다시 태어난 줄무늬 애벌레만이 나비가 되어 날 수 있다.

결말에 관한 얘기를 해야겠다. 서아가 생각한 최선의 복수는, 어쩌면 허무할 수도 있는, 용서였다. 이보다는 영신 이모가 아들의 원수에게 했던 것 같은 사적 제재가 더 후련하다고 생각하는 이들도 많을 것이다. 서아의 복수는 운명공동체가 된 영신 이모의 말이 이루어지는 것으로 완성되며 현재진행형이다. 서아는 계속 승리할 것이다.

소설 내용 일부를 수정해 출간하자는 출판사 몇 곳이 있었다. 그래야 드라마나 영화로 제작될 가능성이 크다는 이유여서 귀가 솔깃했던 게 사실이다. 하지만 열혈 청소년이 사이다 같은 복수를 하는 통쾌한 스포츠물로는 끝내 바꾸지 않았다. '최고의 복수에 대한 고찰'이 그대로 담긴 책이 나올 수 있게 해준 문학세계사에 고맙다는 말씀을 드린다.

서아의 얘기를 쓰기 전 새로 연습을 시작한 〈Fairytale〉이라는 피아노곡은 성격이 급한 내게는 답답할 정도로 느렸다. 소설 내용과 어울리는 분위기도 아니었다. 하지만 차분하게 글을 쓸 수 있게 도와주었다. 지금도 매일 연주한다.

여리고 착한 서아와 함께 보름을 보내며 그녀의 감정을 고스란히 느꼈다. 함께 웃고 울고 아파했다. 깊게 몰입했기에 서아가 느낀 감정에서 빠져나오기 힘들었다.

변호사나 상구 씨, 구치소 동료 같은 인물에 대한 해석은 독자의 몫으로 남겨두었다. 이들을 어떻게 생각할지 궁금하다.

내 글을 믿지 못하던 시기가 있었다. 불안과 우울이 나를 삼키려 할 때마다 나는 늘 호수공원을 달렸다. 온몸이 땀에 젖고 심장이 터질 것처럼 고통스러울 때까지 달렸다. 그러면 다시 글을 쓸 힘이 생겼다. 신해철이 만든 〈해에게서 소년에게〉라는 노래를 들으며 달린 적이 많았다.

소년 시절부터 신해철의 음악을 좋아했고, 성인이 되어서는 신해철이라는 사람을 좋아했다. 그의 묘비에는 내가 보석처럼 생각하는 노래의 가사가 새겨져 있다.

"약속, 헌신, 운명, 영원, 그리고 사랑. 이 낱말들을 난 아직 믿습니다. 영원히."

서아는 애슬이와의 약속을 지켰다. 엄마를 위해 헌신했다. 우연히 시작한 복싱이 운명이 되었다. 영원을 믿는 사람의 도움을 받았고 새로운 가족이 되었다. 이 모두를 아우르는 건 결국 사랑이었다.

장기적으로, 나는 세상에 아직 인과율이 작용한다고 믿는다.

2023년 12월

염 기 원